佐山則夫詩集 4

台所

佐山則夫

之潮
Collegio

我々が実験精神を失ったら
一体何が残るというのか
斉藤義明氏「発言ノオト」

目次

1

始まりの場外

まんずまず
スカイブルーの天幕
いぼいぼ結びに梱包された台所《でえどころ》
縫い目はどこぞね破れ目は
ありそでなさそ　なさそでありそな
落ち落ち死んでいられねえ　死んでも命が大事とばかり
百鬼・神仏手に手を取って一抜け二抜け
退却退散回れどっちへどっちだどっち
野っ原も無惨や荒地と成り果てたのっしゃ
んでは我々《われら》の悲願　風にゃ軟弱雨にも脆い
御難続きの仇討ち本懐　お目にかけまするははてさていつのこととなるんだべ

第一部　お起抜けの巻

1の場

荒地ですか　荒地ねえ
では　どもこもこうしましょう
台所住人自ら
舌と根をほど良くからめ樹霊のごとく
枯渇恐れずふりしぼり
土を撒き　　土を播き　土を撒き
　種を播き　　種を撒き　　種を播き
水を撒き　　水を播き　　水を撒き
　光を播き　　光を撒き　　光を播く
火の気のない台所で起こるであろう不審火に備え　涎をたっぷり袋に溜め込んで

2の場

台所には　台所必需品（それら自体では何ら役立たず鼻もちならぬものばかりだが

組み合わせによっては　冬季の生物分布の凍結と解氷を容易たらしめる）らしきものは見当たらず　それは取りも直さず台所が果たしてきた役割（代々の約束事—年中行事）を　法に順じてボイコットするということだ

3の場

もし　台所住人（寸借人も含む）に会いたいのなら　誰彼の区別なく顰めっ面をさせればよい　血色の良さなど隠しようもあるまい
微弱電ヨーデルが鳴り渡る　鳴子伝いに歩を弛め　あらゆる冬季の生物分布の凍結と解氷をめざし雪を蹴って
それが合図だ
我慢もこれまでとばかり　血色良いお尻をこれでもかとぶるぶるぶるぶるっと震わせ
それが合図だ

4の場

台所住人には　隣組といった意識も五人組などといった従弟制も残っていない
そして各人がその前歴（自分達が今迄に受け同時に与えてきた食費を切り詰めた弔意）をひた隠しにひた隠したつもりでいるが　尻の孔から耳の孔にかけ筒抜けとなっ

ている
しかし誰も表立っては公表しない　たまに顔を見合わせた時（台所自体はさほど広くはない）　笑いをこらえるため相手の頬や尻や足の裏を　噛じるわけにもいかず思いっきり抓るのが落ちだ

さて　この中の一人　年の頃なら36～7　いつもダブダブ折り目の擦り切れズボンを履き　流木を担いだ男
（なんなら株　切り株のことだがね　分けてやろうか？）
自分からはしつこく話しかけるくせに　他人に話しかけられると　とたん黙りこくりこっくり寝たふりする男

男の五級スーパーからは　発音が怪しげなわざとらしく鼻にかかった臨時ニュースがよく流れている（バックに　ブギーピアノ）
お手洗いのついでに寄ってみると
―どうぞ
開けると男はいない
赤い二足のスリッパが　電球傘の上に乗っけられている

又してもしてやられたか　私は苦笑いしながらそのスリッパを　ニクロム線でぐるぐる巻きにしズボンの内ポケットへ無理無理押し込める
もう出て来て大丈夫ですよ
壁が回転すると　やや青ざめた男が釦のたくさん並んだ上着を着て出てくる　ズボンはダブダブのまま流木は担いでいないようだ
釦のかけ方が一つずつずれている
気付いているのかいないのか
—痒みがひどいようなので　股くぐりで一物の袋かけに興じていたところです
ついつい調子に乗り度を過ごしてしまいましてな
袋が破れかけておったのです　危ういところで大惨事になるのを逸がれました　外気に触れさせればどえらい目に会うところでしたよ
ほっとしたのだろう　直立不動の姿勢で
さもうまそうに水を飲み干す

これが　圧倒的少数の支持者によって性格俳優の鑑と謳われた男のもって生まれた規則正しい由緒ある勤め〈日課〉だ　（十中八九はね）

5の場

右手と左手をぎこちなく交錯させ（白鳥の湖のプリマドンナのようにそれとも意固地で意気地なしのクルミ割り姫のように）むさ苦しい風態でのっそり現われるや台所の敷居を踏みはずし軽めの脳震盪　大正末年の飲み薬一瓶あおらなければ　りんごの頬っぺじゃ落ち合うこともままならぬ
（落ち合う先は水車小屋　落ち行く先はひと粒のまだ搗立《つきたて》の玄米の中）
除名され除菌され除霊され除金され除血され除筋され除膜され命からガラ煮出しされ

聞かれよ！
かの坊主頭の聖者が山頂で　糞の代わりに垂れしもの
見られよ！
わしが長年山腹で垂れしもの　他ならぬ糞

6の場

人を見捨て
神を破り捨て

忌ま忌ましい陰謀の粉雪がちらついている
体内に浸み入ると
厄介な粉雪だ

松葉杖代わりに柔軟で屈伸運動のできる足を　今だ後生大事に抱え込んでおる物持ちが
この界隈に一人でも住んでおるだろうか
もしそんな奴がのこのこしておったら　袋叩きにされ　台所を追い出されるはめに陥っているはずだ
とっくの昔　屑屋に二束三文で売っ払い処分しちまったか　さもなくば電車の網棚に置き忘れたふりをし　権利行使を完了しているはずだ

7の場

ただの狂気の沙汰とは思えん
全人類を敵に回すも厭わぬ構えだ
事は厄介になってきつつあるぞ
へたをすると

永久に台所とはおさらばじゃ

8の場

ここは
薄く氷が張り
箍《たが》の弛んだ
樽底の法廷なのかね
それとも
腕ききの斡旋屋によって根回しされた
台所郊外のオープンセットたる架空の弾劾裁判所なのかね
得意の人を喰った弁説さわやかな尺貫法の推理を働かせる
一つの法廷が頭の中に捩じ込まれ
螺旋針の汗となり滴るだろう

9の場

着衣を汚すことを悔んだり惜しむこと勿れ
フラッシュの用意はいいかね

テストケースだからといって油断するんじゃないぞ
本番が始まるぞ
ほら始まった
早速はでな取っ組み合いの喧嘩がおっ始まったぞ
こいつはついてる滅多にない
バックに回られたから終いだからな
それにしても演出がへたくそだなあ
やれよかった休憩に入ったぞ
しかしこのままじゃいずれボロが出る

ここは一丁身に覚えもない事件をスラスラでっち上げ乗り切るか

身に覚えもない心外な事件で　おおそれながらと被告を訴え出た原告が　被告を前例なき含羞をもった甘言で誘惑（生真面目な人間はこうでなくちゃいかん　主張の一貫した告発は決め手となるからな　たとえ信ぴょう性にかけようとも　先制カウンターがｃｈｉｎをとらえたんだ）という奇策に走り　身に覚えはないといってでっち上げというには証拠が揃いすぎている事件で　おおそれながらと原告に訴えられ

た被告が　おおそれみよと原告を行進もせず鼻っ柱で吊るし上げ　検事が公然と賄賂の上前を着服し　移星民の小倅の弁護士がそのおこぼれに頬擦りし　そしてつひには傍聴席で固唾を飲み見守っていた中立派の軍人が　先を争い釦と勲章を引きちぎり
最上級の敬意を表し　失礼にあたらぬよう適宜水増しした胆汁を舐め合う　鞣《なめ》し合う

10の場

だが待てよ
おれがあの季節はずれの納涼夜話会で
豚の眼を盗み着た
はて何枚目かのごつい肌触りの
頭隠せば尻丸見えアンダーウェアとの
七面倒臭い肌の触れ合い御法度の
同棲生活をモンタージュ記録する話は
立ち消えとなったのだろうか

11の場

鼻でせせり笑い　ぐだぐだだだこねるのも今のうちだけ　あっという間混濁した意
識ごと荷札を貼られ梱包　困惑したのはあなたを支配してきた俄幽人の方で　執拗
に手探りでぶっ叩き許されよ表現の不手際
もうもうおまけにもうと断き
無邪気に気絶している隙間さえない

12の場

そろそろそっそろ膜は上がるよ
善がるよ幕は
そろそろそっそろ幕は上がれど
第一幕第一場第一景から奈落へと
躓き滑ってあなをかし
書き損じの山を所狭しと敷き詰めた
舞台はシンとして
推して知るべしとは
何とも白々しい　いじいじましい　わざとらしい

今回は万物流転のお話ですと
熱にうかれて空ら宣言したものだから
さあて困ったさてさて困った困ることよ
台本が滞るのは
あで始まりりりで終わる
あいつらのせいだよ
科白ばかりめがけてキンキン押し寄せ
サトウよりそんなに甘いかオレの科白は
根こそぎ舐め尽くす

まばらな客席シュンとして
金よこせ命返せの大輪唱で盛り上げる
などとうてい期待薄
さあ困ったさてさて困った困ったあるよ

そうそろそろそろそっそろそろそろっそ

幕引くだけならお安い御用
けどね
膜引き役なら御免蒙る
首が飛ぶより気が重い

13の場

いやはや　相も変わらぬ進歩と無縁の業の深さにただただ失笑と失禁　殆《ほとほと》呆れ果てたことと思う
お尻の荒々しい引っ掻き傷にしたところで
本物らしく見せるためあらかじめ描かれた
小細工でしてな
含みをもたせた悲鳴をあげておる間は大丈夫
しかし　鼻を潰したのは不味かった　口をひん曲げたのも予期せぬ失態であった

いらぬおせっかいだ
そんなジェスチャー通じるものか
それよりさっき顎の先端かすっただけで済んだのを　感謝してしかるべきだ

苦労したんだぞミスパンチに見せかけるのに
こいつをまともに喰らったら
顎が粉々に砕け
テンカウントベーシーを聞いてから
ゆっくり担架で病院送りされようとの魂胆
スムースに運ぶどころか脆くも崩れ
こりゃあ吃音矯正するより質が悪い
とすれば
風呂敷に荷物まとめていぼ結び
あどけなさの残る言葉を涎でカムフラージュした方が　御身のためにはよかろう

14の場

供述に基づき大意を原文より長く　再三再四引用しては　落とし穴に自ら案内を乞い
まんまと嵌まりもって誠意を尽くし　燻ぶり続ける論争に結着　半生の自叙伝皮紐捩って一括保存　満足のゆく出来栄えではないにしろ　ひとまず日輪あるうちとの約束は守られた

15の場

解き放たれるにはまだ間があるが　何光年ぶりだろう　こうして樹上に腰を下ろし
行き交う人々を見過ごし微笑みを投げ与え一服できるのは
寒さがこたえぬうち　梱包され擦り切れたお尻を電気ショートの火花散るシャワー
で洗うこととしよう

16の場

宇宙飛行士の連れ合いたるわしを失脚させんとする　誰はばからぬ従って情報操作
を防ぐためコールタールで塞いだ　わしの耳にも筒抜けの謀り事（と呼ぶのもはば
かりたいほどお粗末だが　小男達の一団が裏で糸を引いているらしいとの噂　どん
な意図があろうとどんな意図もなかろうと　聞き流すわけにゆくまい）を寝呆け眼
で軽くあしらい　どうしたことだろう
しっぽを巻き逃げるどころか　なおも居坐る　すご腕の用心棒でも雇ったか　巻き
添えをくうんじゃないぞ　へたに居直られちゃ　ことだ
事態はのっぴきならぬ
手強い相手じゃよ

わしの手の内を　わしより先に読みきっておる
いやはや事態はのっぴきならぬ
お尻にかまけておっては
鉱物にも先を越されそうじゃ

17の場

牛小屋の底冷えする飼馬桶に腰まで浸り
挙句は肩まで漬かって成就したアンカレッジ経由の大仕事　それが初仕事でどこを
どう取り繕おうと完成の域へわずかばかり達していないのだが　何をどう吐き違え
たか　人権擁護の観点からすれば　なるほどこれは諸手を上げて大成功だった

一概には言えぬが　尿を嗅ぎ分ける鼻を鍛えるのが　犯した道徳の範中の科となる
べき罪により刑には服すが　逮捕を難なく免がれる　好実と言えば好実だろうて
とはいえ　よもやとは思うが理性に目覚めた一物にはたぶらかされるな
無視するに越したことはないのだが

18の場

幼馴染みのお馴染みだってのに
ちょいとばかし落ちぶれたら冷たくあしらうんだねえ
たとえ幼馴染みのお馴染みであっても
落ちぶれだしたらとたん冷たくあしらえ
とことん冷たくあしらえ

19の場

キングサイズの亡骸葬るべく　おもわせぶりに錠を下ろすにはまだ早い
仮死状態に生き返らせ勃起させるのは無理としても　鞭打つ若干の猶予がある
キングサイズの亡骸葬るべく　おもわせぶりに錠を下ろすにはまだ早い
仮死状態に生き返らせ無理にも勃起させ　遠慮会釈なく鞭打つ若干の猶予がある

20の場

生欠伸を連発し朝から眠くてしょうがない場合
金網張りの食器戸棚の中で
陳腐な表現を借りれば泥のやうに眠る

空間としては申し分ない
ハンモックを吊るせるならば
そこで早速あられもない方へ身を振る
準備操練もそこそこに　見様見真似で
おっかなびっくりどうにかやれやれ
これなら楽に吊るせそうだ
妙な姿勢で炎天下　溺れる心配なさそうだ

高を括っていると
開襟シャツに揃いのマンボ半ズボン
臀部と臀部を擦り合わせんばかりに密着させた小男達（擽《くすぐ》ってみたわけではないが
はなはだ歩きにくかろうに　はなはだ走りにくかろうに　オシッコの乾く暇とてな
い鞭《うつぼ》まなこにはそう映る）の一団が　呂律の回らぬ速さで殺到　網膜の盲点を突き
あっという間に戸棚を不法占拠
つまりこういった何と言ったらよかろうかの　十年一日の如き表現法におんぶせね
ばならぬ身を案じてくれるのは有難いが　あんたの落ち凹んだ突起物を隠匿した木
綿のチョッキがぐずぐず燻ってておりますぞ

わしの首が率先して素っ飛ぶことにとりたてて異存はない
素直に認知しよう
いや待て待て
この場の主賓は小男達であったな
わしは老いぼれアシスタントに過ぎぬ
いついかなる時もこうして脇役の地位に甘んじてきた
わしの渋さを皆は大いに買ってくれた
なくてはならぬ存在と鳴物入りでちやほやされたが　ついぞ誰一人わしを主役に推挙する者はいなかった
それがわしに合っておるのかどうか　それでいいのかどうかわかりかねるが　花形脇役で終いさ
合点はゆかぬが　これっぽっちも悔いてはおらぬし誇りとしてもいない

もどそうもどそう
小男達の出番じゃ
脇役がしゃしゃり出ては　脇へ脇へ　脇へと逸れてしまう

道草を喰っていて豚に喰われては　割に合わんからな
わしの面目丸つぶれ
道草を喰っておって豚に喰われたとあってはな　よりにもよって

開襟シャツに揃いのマンボ半ズボンの小男達は　臀部と臀部を頬擦りせんばかりリズミカルに密着させているにもかかわらず　今にも取っ組み合いの喧嘩を始めかねない有り様だ

ジェスチャーたっぷりのお国訛が威勢良く
ピリピリ飛び交っている　ビュンビュン飛び撥ねているるるる
どうせ慣れ合いと見抜かれぬための一芝居であろうと　とっくに見抜かれている

ま　ま　まっとにもかくにも落ち着け落ち着け
つまりは中腰となって脳を冷やし夜を明かすつもりらしい
夜を明かすったってここは
金網張りの戸棚の中だぞ
この狭さじゃあどもならんと悟ったか

いつのまにやらおとなしく臀部がはみ出ぬよう中腰となり　鼾に掻き消され
お国訛りもすっかり影を潜めている

やっとここまで来た
どうにか間に合った
なに間に合わなくとも構いはしない
いずれこちらの思惑通りに事が運ぶとは望むべくもない　望むべくもないが
臀部と臀部の頬擦りせんばかりの密着を無窮の喜びとする小男達はしたたかに　靡《なび》
きそで靡かず靡きそで靡かず靡きそで靡かず
どっちなんだい
はっきりしてね
死後の一滴洩らすことなく
やっとここまで来た
どうやら間に合った
なに　間に合わなくとも構いはしない

21の場

さて　脇役に甘んじてきたわしが快作と睨んどる本作（習慣上軒先に吊るし滋味・渋味をたんと増した）のこれまでを論ずる用意これありとの投書を　篤名希望様から頂戴しております
ここいらで　筋ばかし追う手を休め聞き役に徹するも一興
それではしばらく御面下さい
投書者への直接・間接違法スレスレ接触を試みるも反応なし　愉快犯の偽投書？
わしが脇役という地位に甘んじてきた理由の一端明かされるチャンス生かせず無念也
今は高僧であられる方を台所領土外の門外漢へ送り届けた折り　返礼としていただいたせんずりなる保存食でひとまず腹ごなし
予測のつかぬ不測の事態を惹起しかねぬ檄文の立て看板設置権を放棄ならば　ナレーション入りオムニバス形式としてならどうであろうか

挿入歌（曲はありません）

〽春未だけだるき朝夕に
憐憫の情ひとしお深まりて

薺花咲く産土同級生
船は丘越え又浪路行き
船は丘越え又浪路逝き
浴衣に身一つ舞い申さば
大和の國の純情行進曲

22の場

スタコラサッサ一目散我先逃げ出したお尻の片割れ（右であれ左であれお好きな方をどうぞイメージ可可可可可）発見　説得連行し
濡衣証明でき得たとして
問題はそこからよ

身八方散散に捩られ嬲られさんざっぱら
怨み骨髄逃げ損ないの片割れと
まんまと逃げおうせたもう片割れ
このままの半尻同士では
糞尿以下であること百も承知

それでも
同じ臭いは嗅げぬ

それにしても鼻につくお尻への惚気話
冗談が過ぎはしないかね
張本人が誰であるか口を滑らせそうになった挙げ足取ろうとしても
脇役に甘んじて培った脚力にものいわせ
きっぱり撥ねつける
どうしてどうして
歴戦の勇士たるわしのお尻には
花形脇役らしく
反骨と義侠心がぎっちり詰まっておってな身の程知らずが
勇気と糞度胸だけは大ありなら愉快じゃないか
敬意を表したい

生きて辿り着くことはまままなかろうが
万が一にもそれはあるまいが

ヴォルガの舟下りならいざ知らず
攀じ登ってみるがいい
愉快なことじゃないか

23の場

しかし　反対意見はまるでなく
司会役が　あるわけねえだろうと見え見えの含みもたせて
一応規則ですので　疑義のある方お手を
と発言した時
誰かがたて続けに三度嚔《くさめ》をしただけだった
これが公の場であったならば
その者は死に至る刑罰を免がれぬところだが　こういった筆談《ヒソヒソ》会（当たらずとも遠からず）においては　そのような些細な過失は不問に付すのが慣例となっている
しかしながら　断じてわざとらしい咳払いや思い出し笑いは許されない
隣の男の気付かれぬよう配慮した
つまりは水臭いタオル地の鼻マスク越しに

わざとらしい咳払いや思い出し笑いを聞き付け次第
その右隣（左隣から見て）にいる者が
容赦なく人糞肥料として人袋に押し込め
強制退去を命ずる
それが右隣の男（女のことは知らぬが　必ずや左隣から見てだぞ）が生き残る唯一
の道だ　取り敢えずは
　〝休憩〟
第一部から第二部へはこっちが近道です
あっちの丸太ん棒を渡した橋を自転車で渡るより安全です
ただし
吊り橋です
揺れます無風でも
命綱はありません
落ちたら擦り傷でも這い上がる術はないでしょう
底の見えぬ千尋の谷です

屍肉をほおばるクロスカントリー競争に出漁の皆さん！レースまであとわずか　最後の調整に余念なきことと思いますが……

あっ大変申し遅れました

私　当日実況担当をさせていただくこういう者です（名刺を差し出す　文字が滲んでいてよく読めない）

このレースに賭ける皆さんの意気込みたるや　ひしひし伝わってまいりますが　私思いますに　これはもう体力とか知力の差というより　毎度お馴染みお尻の張り如何　耐久力如何にかかっていると推察いたします

とりわけ　台所住人の期待を一身に集める諸君は老体（失礼）遺体（いやはや失礼）に鞭打ち　寸暇を惜しみ練習に励んでおられる（なにどうしてどうして強か者揃いで）ことと思われます

あっ

ただ今私にメモが渡されました

重要なメッセージのようです

声に出して読んでみましょう

皆さん！　補聴器の感度は良好ですか？

どうぞ
計量の結果　あれほど摂生に努めたにもかかわらず体重オーバー者が続出　よって
レース開催は不可能となりました
決定が覆されることはありますまい　なぜってレース決行は二日後　決定を覆し再
協議の段階にこぎつけるまで　早くて二日半はかかるからです
査問委員会にまずそのこと（即ち決定が覆されるよう懇請すること）の可否伺いを
提出し　査問委員会では全土に散らばる委員諸侯を早馬で招集（これだけで丸一日
費され　おっと忘れるところだった　委員諸侯に宛　それ相応長文の理由書を委員長
名でタイプする方が先だ　しかもその文章たるや　まわりくどくネチネチ凝ったも
ので　草案原稿の完成にやはり丸一日費やされるでしょう）　審議入りとなります
ところが厄介なことに全員参加が建て前となっているため　一人でも欠けたら委員
会はお流れとなってしまうのです
査問委員会法第一条には
〝委員全員の参加が得られぬまま下された　決定は無効である〟
と銘記されています
そんなわけで　いつ開かれるものやらあてにならない仕末です　緊急を要する問題

が生じた場合には　もうお手上げです
緊急を要する問題が生じる以前に事前キャッチしておく位の心掛けが必要であると
委員諸侯は毎度毎度激昂しておりますが　無茶を言われても困りものです
それともう一つ　委員諸侯には代理あるいは委任状が認められないということです
ですから　誰か一人重篤な病のため欠席するとしますね　そうなると　その誰か一人の病が癒えるまで　委員会は開会を宣言しません　死に瀕する重い病が完治するまで　根気強く待ち続けるのです
委員諸侯は　それが法を遵守する者の鉄則であり　友情であると信じ切っています
暗黙の了解事項なんですけどね　単なる
もし　委員諸侯の一人が事故か決闘か不慮の人災で亡くなったとしたら　これは憂慮すべき事態を招いたこととなります
というのも　査問員会法第二条には
〝欠員が生じても容易に補充せぬこと
ただしこの場合　委員会においてなされた決定は無効とみなす
これを防ぐには　残る全員が総辞職し　もってその日のうちに新委員を選出すべきこと　選出方法にはこだわらない
再選は　これを妨げない〟

と銘記されているからです

だったら総辞職すればいいだろうと思われるかもしれませんが　なかなかどっこい
そんな考えは毛頭ないでしょう
再選される確率はお寒いものですし　すごい利権が転がりこんでくるのですから
委員ともなれば
それに又してもどうしたことでしょう
この査問委員会の出鱈目っぷりは
第三条には　いけしゃあしゃあとこう銘記されているのです
〝ただし　総辞職にあたっては全員の賛同を得ること
事故とか決闘とか不慮の人災による死亡者もこの中に含まれる〟
全くもってひどいじゃありませんか
お墓を掘り起こし　加減して耳を引っ張り辞職に賛同の場合　右手を上げて下さい
ませんか（死人に口無し）
とでも大声で訴えればよいのでしょうか

なんやかやそんな訳で　実際査問委員会が開催されたのは　お察しのとおりたった

一度きりなのです
それはね　委員会発足当日です
レース中止の決定が覆されることはありえないということが　おわかりいただけた？
未だしかとはわからぬが　どうやら飲み込めそうだ
概略だけでも何とか

えっ　どうして実況担当の私が　査問委員会の内実にこんなにも詳しいのか知りたいのですか
それはね　何を隠そうこの私自身が委員会の主要メンバー　委員諸侯の一人に他ならないからなんですよ

不心得者がわし達を邪魔者扱いしておる証拠じゃ
わし達の残り少ない楽しみ（悪魔の囁きといったシャレたものじゃないが）を奪い去ろうとしておる
人非人めっ

レースの断行を要求するのじゃ
聞き入れられなければ
餓体に鞭打ち四つん這いとなっても
レースに出場すると迫るのじゃ
いささか迫力には欠けるかもしれんが

身の程知らずのわし達が
不遜なお尻を振り振りレース出場を強行したなら
勝敗は言わずもがなだからじゃ
奴らの狼狽ぶりを具に拝見しようかの
焚書糞書の用意じゃ！
シリアスドラマがわし達の嵌まり役だろうて

これより先　これまで以上自在に
あっぺとっぺへ飛びます〳〵〳〵
飛びますますますます
飛ばいでか

第二部　お承り候の巻

なすがまま　全面的あるがままの姿（修復可能範囲を出たとして　脛毛一本分にも
あたるまい）に　遠からずそうなるだろうが今のところより近いありのままの姿に
うす暗い光明射し込めてやるのが　せめても礼儀知らずの分別弁《わきま》えし一瞥―礼儀と
な？
わしの開きっ放しの減らず口から零《こぼ》れた奥手の真実じゃろうが　しっかりせい
も一度しゃきしゃきはっきり　しっかりせい

ひとまず物陰へ隠れる（くどいようじゃがお尻だけは不意に人前へ晒さぬように）
ふりなりして　わしの取るべき道すじを見守ってほしい
顰めっ面はお前さんの専売特許とはいえ　それが取るべき態度に基づく取るべき道
すじとは　方向は同じでもめざす方角が違っておろう

ことさらわしの立場を優位に保とうと暗躍元い画策を謀っておるように　見受けら
れるかもしれん

ありきたりの口約束が　これほどにも権威を失脚とまでゆかぬが　剣もホロロ失墜させるものであると思い知らせたいとこじゃが
少々固めの下痢状態でしてな
興奮が過ぎるといつもこうだ
わしにとっては願ってもないこと
うっかりうっとり見蕩《みと》れる気持がおわかりか?
同意は得たい納得は求めぬが
わしの一人よがりだと

こう見えて感じ易いタイプでしてな
も少し馬鹿丁寧にその線崩さず
多少の犠牲払っても　命に別条なかりせば
子供じみた間柄根気良く煮詰め
できるだけ引き攣った笑顔のうちに調印式を迎えたいものだ
にしてもテンポ良く空《か》ら足を踏んだり踏んだり　自覚無きお前さん達の有り様はどうしたというのだ

理性を所有し終えていない物にまで誑《たぶら》かされる仕末とは　忠告しがいもなく
これ以上箍《たが》の弛んだ惨々たる惨状をにおわせつつ　節穴だらけの言い逃れが通ると
でも

馬上三日半　舟中十日半　歩下一日半で台所の端《はし》から端まで（隅から隅までと誤解
を与えたとしたら　どんな痛痒にも甘んじて耐え抗おう）行けるそうだが
もっとも相手は高さはあれど奥行に乏しい台所
されば所詮その住人で生死を終えようとするお前さん達
わが屍を乗り越えよ
と威勢はよけれど　乗り越えるべき屍がねえ
せめて肛門に磨きをかけてやれよ
防戦一方に陥った時の主たる武器じゃからして
錆を念入り擦り取り　揮発油たっぷり垂らしこめよ
せめてせめても

いちいちわしの言動に誰の差し金か　大ＺＡＰＰＡな註釈が必要とされるのかね
そんな手間暇省くため　わざわざ近道を遠回りまでして来たのではなかったか

出鼻を挫かれた格好じゃが　まあいい
今やシリアスドラマにしたところで
大きな声では言えぬ（小さな声では聞きとれぬ）が　色褪せておるわい

人類愛に燃え尽きそうな偏平足
同じく偏平頭
脳髄に苔の蒸すまで

1の場

飯盛女の風習を重んじるそれ故に　出不精となったわしにとっては　いかにも役不足な台所住人の面々との付き合いも　相手が生涯無給自弁時代の児なればこそ　手慣れたものだ
月食サークルで会えばヤアヤアヤアヤアと握手を交し　日食ハウスで相席すればオーエスオーエスと拳振り上げ　ついで小鼻と小鼻を擦り付け合い　にほひで互いを監視したものさ　蟠《わだかま》ることなく
台所で唯一ヶ所　急ごしらえの聖地へ天候の回復を待ってでかけるのも　彼らならではの慇懃無礼な促成アピールであろうか

出目で後頭部えぐれ
顎が極細
とりわけ横顔だけ深い彫り
日照不足をたっぷり動乱塗って補ひ
地割れ天割れ肉割れ
気配はあれど余力なく
鼻の差リードでは安心はまだできぬ
手に手をとって少し焦らして
一物に一物とって　少し焦がして
気配はあります余力だって出し惜しみしてるだけ

大いに吸い
大いに吐きなされ
誕生の瞬間
吸って生まれたものか
吐いて生まれたものか
そこんところの記憶が曖昧模糊のまま

とするならとことん
不幸な出来事ではあるまいか

2の場

便所紙の人生
身は窶《やつ》れ攀《よじ》れて捩《ね》じれ
肉なし皮がこれみよがしとガス太り
番傘商法のこれも報い　報いと定め諦めなされ　諦めつかぬ
なかなかに諦めつかぬぞ

さりとて
もがく術も道具もなく
孔振り乱しあえぎ喘ぎ
放蕩息子の切っ先きっぱり銜え
愛憎込めて放つ弓
引き絞りひょうと射れば一喜一憂
又ひょうと射れば扇は苦もなく

海中に没す

3の場

ここから先はわし一人の独壇場と高をくくったがいけなかった　気を許し過ぎ気が
付けば丸腰の為体《ていたらく》
及び腰ながら突差に忍ばせたバリカンで
寒々とした胸をはだけ命乞いなどはせず
キキッと睨みつけ陰部を顕わにし場を取り繕い
なんせ頭数が違い過ぎる

ひとまずくそまみれの死を覚悟し
これが
水清き草蒸す玉音原稿となろうとは
返す返すも遅巻きながら
殺
殺生な

4の場

〽けふは朝立ち
　昨日は夕立ち
　濡れて帰って風邪をひく
　　風邪をひく

叩けよ！　さればほどなく閉じられん
訓導が仕掛けたよからぬ罠操り事に
引導を渡すつもりはないが
よりによって齧り付きに陣取るとは
歌舞音曲に身を委ねたわしとしても
のっけから煮え湯を飲まされ
台詞はそれでも二言三言の役柄をあてがわれた
又同時に
埋め合わせの逢引きを重ね
（敏感な一週間のせいにはすまい）
スタートで躓くも

すぐ立ち直り
馬乗りの逆襲に出て
しからばごめんと障子手荒にピシャッと閉めれば
手代番頭うち揃い額に片足軽く押し当て
善哉ぜんざい
刑期半ばの菓子職人丸ごと捻じって
尻の穴に念のため松毬の実の栓
開けっ広げな自家発電の結晶たる
商談は成立した

雲の上
堂々のページはみ出すボロ輸送船
これには言えない訳がもやもやあるのです
台所の非営利地帯も
ひねもすお家騒動の真っ盛り
休戦近しと詠んだか
ひねもす白木の肥桶に大挙して心おきなく

胯がり
兵児帯を解いた
わしもその輪に加わりたいのは山々なれど自重した
わしの糠喜びは踝までたくさんじゃよ

黒房下のお目付け役見廻り同心様には
三度の大火も大過なく
けれど安心はまだできぬ
泉は枯れても
悪意策謀の水は伸び放題
ブルーマーの樹下散策し
いわずもがなの胡坐鍋
つっつきつっ突く
かすがい道場
ゆくゆくはお産事業より身を退き
生半可な気持ちではできぬ
象の金壺の復元師

もしくは
右肩下がりに櫓を漕ぐ
中傷の指物師となる所存

物故詩人の業績上げつらうこと
傍目で見るより楽なことでなく
引き際が肝腎な
アニーよ銃をとれ
不動産カステラの売買で俄成金となり
糸屋の娘は針眼で見殺し
余世を稼ぐ篤志家割烹
わしの仕事はナレーション入り暴露記事ぞな
江戸訛では如何ともしがたく
発行部数も知れたもの
これでは
冗談にも花街通いはできぬ
わしはトレードする恥も外聞もなく

私詩向きの体と
私小説向きでない体を

秋の夜長の一夜
月明を頼り頬っかぶりした
希代の闇討ち仲間
粉飾決算何のものかわと絆創膏で見栄を切り
塩汁鍋《しょっつる》に蛮声一声張り上げれば
気も晴れ晴れ清々
心も次第次第打ち解け
多少のやっかみうち混じりながらの
自転車操業
荷台よりひらりっと踊り上がれば
早船上の人
そうさなあ
くれぐれも自己多発地帯へ近づかぬよう
近づいても長居せぬよう

念には念を入れ
偽装工作怠たらぬとは
天晴な産後の肥立ち
悪運の強さであろう
手は幾代ものの瓦樂となり
わしはほうほうの体でひとまず
縁も縁《ゆかり》もない
巴旦杏に喰らいつく

5の場

規律一辺倒最古参のK上官は　鉛の鋲をびっちりぶち込んだ長靴を鳴らすその響き
それだけで　心ここには非ず　相次ぐ目前脱走どうぞどうぞ　付かず離れずチンタ
ラ追跡　本来の任務疎かにした揚句　鉛の鋲をびっちりぶち込んだ長靴を鳴らすそ
の響きそれだけに心奪われ　不動の姿勢つまりはふんぞり返って雨曝しとなること
甘んじてお受けいたします
身に余りある栄誉でありますブラボー！

6の場

Made in 冥土のダブダブ綿シャツ着こなし　どうにかこうにかどうやらこうやら
始業一分前滑り込み　とたん酵素不足でぶっ倒れ　台所内とは似ても似つかぬよう
巧妙にブレンドされた医務室へ足首摑んで引き攣られ
必要とあらば　うんと重たい第一釦をはずし　更にうんうんと重たい第二釦をはずし
息が荒いぞまだまだうんとうんと重たい第三釦をはすし　ついつい手が手が
滑らかに滑ってうんとうんとうんと重たい股釦などは　台所郊外外へ弾き飛ばされた
手が滑ったなど口実に過ぎぬこと　過去の事例掘っくり返すまでもないわね
いささか違うな
幸運にも手が滑った　脂で手の平が滑ったそれだけそれだけよ　足の裏が滑っていたら奈落の底へまっしぐら　止めて止まらぬ阿鼻叫喚
自称禪ビート詩人さんよ

7の場

画廊の駅頭で熱病を胚胎した男（とはいえど試したわけじゃありません　時々刻々

変わる性別不詳お好きな方をどうぞどっちつかず
指一本でペンを解体した素人療法の先駆者であるとかこれ本当）は　丸三日も仕切っ
ておるが　相手が相手魑魅魍魎なだけに軍配も返らず
丸三日も仕切りを続けておれば　空腹の余りまわしもいい加減ゆるんでずり落ちて
もよさそうなものだがのう
ご同輩

8の場

こんなにもむっつり我慢強い男は　クルクル天然パーに違いないなんて　わしの頭
はどうしてこうも前例なくギンギンギラギラ冴え渡っておるのじゃろう
ひょっとしてもしかするともしかするとひょっとして
ひょっとしなくてももしかしてもしかしなくても
ひょっとしてひょっとしなくてもありえることだが
ああして丸三日も仕切り続けておる男（力士と早合点させたとしたら面目ない）を
こうして見張り続ける（失言訂正六字抹消）わしこそ　クルクル天然パーなのでは
あるまいか

9の場

そうだわしは二階の出窓に腰かけていたのだ　ベランダではなかったはずだ　なにしろそのお膚すべすべ娘を抱き可愛い盛りでしてな　ふと思い立ちほら何と言ったかな　可愛さ余って憎さ一〇〇倍というやつ　わしはお膚すべすべ娘を抱き上げると二階の出窓から放り投げ　コンクリート舗道にペチャンコに叩きつけられる寸前救えないものかという実験を　無謀と呼ばれようともためらわず開始

思いっきりよく高く差し上げると　お膚すべすべ娘はそれと察しかん高い声で泣きじゃくり始め　わしは委細構わずコンクリート舗道へほぼ垂直にパッと手をはなし……猛ダッシュで急階段をダダダダダッと駆け降り始めた
二階から落下運動を続けるお膚すべすべ娘の安全弁ふわふわマットレス大クッションとなり　自らはカスリ傷位負うかもしれぬが
コンクリート舗道から守ってみせるという自信に満ち満ちていた
だがそのためには　一つの試練が待ち受けておった
猛ダッシュで急階段をダッダッダッダッダッと駆け降りるその間　落下が早過ぎぬよう調整役を設けよという
八百長などでは断じてない

断じてありえませんぞ

落下時間の微調整役として　お膚すべすべ娘の足の親指をひっつかむあるいは気合いもろとも時間を制止　二階と一階のほぼ中間どちらかといえば一階よりの空間に釘付けし　機転の利く猛スピードで二階から階下へ通じる急階段をダダダガッガッガと駆け降り　落体の運動を続けるお膚すべすべ娘をがっちり抱きすくめ安全弁となってやれるのは　キョキョロ辺りを見回すまでもなくわし一人できレースといわれようとも

一方のわしはひたすら機転の利く猛スピードで二階から階下へ通じる階段をダダダダダンダダンと駆け降り　他方のわしは二階においてお膚すべすべ娘の落下時間の微調整役を買って出るという　そんなまさかの離れ技を平然とやってのけることとなったのだ

コンクリート舗道へ二階から落下するお膚すべすべ娘が叩きつけられそうな辺りに見当をつけ　両手一杯広げて両足は軽く開き見上げたはずだったが……

それからどうなったのかというと　あっしまったわしは　今の今までどうしていたのだろう
何故何故こんな破目になってしまったのだろう

お膚すべすべ娘の乳乳に触ることなく触れることなく上手に抱きすくめるべく階段を　表現を変えてみようかのこんな風に　アメラグ風猛烈アタックダッシュで駆け降りる途中のはずだった……
どうしてどうしてどうして
朧気なのか
月が青ざめてもおらぬのに

もしかするとひょっとして　ほんのわずかお膚すべすべ娘が可愛いお尻を振っていやいやをする位経っただけかもしれんが　どうかするとお膚すべすべ娘は　全身が感じるのの年頃になっていて　わしは何とか間に合い滑り込みでお膚すべすべ娘を抱きすくめたまま
悲鳴もろともペッテャリンコンとなってコンクリート舗道に減り込んでいるのかも知れぬ

すでにそうなっているので
朧気なのか

いかにわしの旺盛なる実験精神がもたらした結末とはいえ　お膚すべすべ娘は尊属
殺人現行犯としてしょっぴかれることじゃろう
恐怖のあまり　泣き出す前に　噦《しゃっくり》が止まらぬだろう
ヨチヨチ歩きロレツの回らぬお膚すべすべ娘の言い分など　てんで相手にされず……
とすればこのまま踵を返し　アメラグ風猛烈アタックダッシュで駆け上がるべきな
のではないか　わしは迷った　いささか

結論は出たすぐさま
お膚すべすべ娘に押し潰され　ペッチャリンコンとなれるなら　本望じゃよ
人によってはクルクル天然パーと囃したて
コンクリート舗道に減り込んだわしの上を小走りに跨ぎ際一発　かますかもしれん
が

10の場

何よりも場と間の確保が先決だ
なにしろ台所の辰巳の方角は下剋上　一粒三百米の一夜の逢瀬

背徳の市場に
揉み上げの長いジープが横付けされ
一七四八年代ワインの家政婦は斜面の避暑地で
落穂拾い落穂拾いつつ暮れなずむ
無作法な死

生麦踏む半身の唇と垢抜けしない旧交を
暖め
黄色っぽい反物が反旗を翻えし
熱病が踝まではびこる時
病弱の青いバストの踊り娘を寸刻みに見舞い
追い討ちかけるように

常打ち割烹へなだれこむ
ひとますゲームメーカーに
先陣の矛先を譲り
自ら竹刀でレバーを炒め
愛人志願の債券を買い国債を叩き売り
満場どよめく顰蹙を買い
手持ち無沙汰のまま請われて
念願の湯タンポの議場へたへたと
銀シャリスピーカーで半周し
横恋慕で半周し
私情だけにうなされて
悪貨盛衰の一端をこまねいてしまった
搾取された牛肉のブローカーに
今だいろはなく

11の場

この台所という借地

浄罪の料亭に
シャッターを下ろし門をはずし
外輪は新参者に常備させ
わしとわしの肝吸ひ同伴者は
パンならぬ
ペンのみの助けで
回春を企てる族《やから》を
（便の壺）との噂が絶えぬ
インキの壺へ放り込む
休む間もなく
合戦のたび
サスペンスとコンドームを混同し
これが本意ではなけれど
筋の通らぬ地肩露にゲートルを巻き
艶出しの正業片手間に
旧態依然とした仇討ち稼業に精出す所存

妻も娶らぬスター気取りで
耳だこが寺小屋へ通い
ひらがなを実線で拾い読み
奇をてらった半生の自伝の出鼻を挫き
胡坐鍋で世事を丸ごと潰し
トースターで日焼けした古女房の機嫌をとり
割烹着に口ずさめるポンチ画の習作認め
殺風景な殺陣を見学し
水母なす日出ずる国の
何の変哲もない
男児一人にまといつかれてなめられる
(お尻だけは命からがら　庇えるだけ庇って)

これが本意ではないけれど
筋の通らぬ地金露にゲートルを巻き
艶出しの正業片手間に
仇討ち稼業に精出す所存

12の場

そうじゃないそうじゃない
そうではなかろう
手放しで喜ぶのは
年老いる前に
若返りを狙うお前さんにとっては

核心はさりげなく避《よ》けながら　脈絡なき話の如何によってはまっこと遺憾ながら
掘り炬燵の中で令状なしに即断即決逮捕せねばなるまい
エプロン姿のお前さんに　証拠隠滅の恐れなどないのだが　叩き上げのわしの手錠
に唾を吹きかけ今か今かと逸る気持が　抑えようとて抑えきれぬ便通に似た気持が
おわかりか
手錠を嵌められぬ一物には型通り袋かけ　片時も目を反らせず　握り潰さぬ程度に
力を込め　手際が良すぎるともみえようが　なまくら四つの臆病風吹かし　目こぼ
しはままあるが落ちこぼしなどあろうはずない

13の場

根回し工作の一貫として
勇気とは名ばかりの勇気を今一度奮い起こし　手刷りパンフレットとは名ばかりの
文字化け黒々パンフレット愛想良く配って　反応しかと確かめる

歩きながらセカセカ読むも良し
読む前にイライラ捻り潰すも良し

いずれにしろ理解と了解度外視した生返事は留保しておき　黒々パンフレットを各
位の内なるポケットへ無償弾丸配布

歩きながらセカセカ読むもよし
読む前イライラ捻り潰すもよし
読み捨てなら皺伸ばし裏刷りに使えるぞ

正直言って照準の定まらぬ
愚にもつかぬ紙のムダ（訂正なし）

文字化け黒々パンフレット作成へ　並々ならぬ情熱（失禁さえ忘れさせる）傾ける
のは
ただに　切羽詰まっては生懲りなく誤謬繰り返す　目の粗いふるいにかけられた性
分だからであった

なるほどそう言われてみれば　何事につけ人よりスローテンポであったが　その正
確無比さにおいては
劣るとも優らなかった
劣るとも優らなかったのですぞ

14の場

人目を憚り
長年自供の脇と足場を固め
旅行は週に三度
円本と円タク自派に丸めこみ
天草《てんぐさ》と物臭《ものぐさ》の一本釣り稼業に精出す

代々の
手に汗握る処生訓や
流言誹謗も
日没までには
湯垢にまみれメッキが剥げ
藪いらくさの峰々も
忘れたころに微風に煽られ仰天
一目散に相好くずす

ナプキンの地膚露に
樽漬けのまま佳境に入り
三〇〇代言有職故実もじった
モジリアーニのボールペンを脚色し
ヘルメット据膳に越境する

そんな風情が煎じつめれば
一番理にかなった

番傘商法なのだ
熱燗で胡瓜の臍を剥き
放蕩息子が樽の箍《たが》をキュキュッとゆるめ
空念仏を時効切れの下手人に仕立て
達磨の紋に不義銭散らした
皺を関東一円に伸ばし
バッテリーには魚のアクが浮き
コトコト木綿の常宿で大の字に寝てカムフラージュ
スッポンをひもかかわうどんで絡め煮て
行く先々で手擦り仇と遭遇
夜を徹し
言葉にたよらず語らい励ましあい
夜の更けるに従いくすりくすりと笑美すら洩らし　明け方にはウツラウツラし
匿名のインフレ記事こそ
したたかなる悪の毛臑の温床

いささかぶしつけながら

表看板たる
薄皮の正念場を温存する所意

15の場

やよ励め　やよやよ励め
手淫に励め
やよ励め
ひたすら手淫に励むとわしは眠りに落ちそうになる
おかげで床ずれができ
あっいかん　又又眠くなってきた
おせっかいかもしれんが
お前さんではちょこっとぎこちない
エクスタシィーの極地に連れてってほしいなら　おとなしすぎる
聞く耳持ちすぎた
何と例えましょうか
ストリップは革命的バレーとも申しますから
精通のあった日の菫の花咲くファシズムとでも

リンチがほしいんだな
〈お前のリンチ癖には困ったものだ〉
挿管してほしいんだな
〈お前の挿管癖にはほとほと参ったよ〉

エンペラーチョコレートの銀紙コートにくるくるくるまって
かつてあれはそうだった　ペテルスブルグ郊外の巻き舌も凍てつく「かまくら御殿」
やお召艦「香取」船底で
その何と言ったかの和名では
何と呼ばれておったかの
度忘れしたじゃともったい振りおって
そうじゃそうじゃそうじゃ
一物蜂起にブルって前バリを貼がす暇《いとま》もあらばこそ　あっけなく大往生昇天豚死
さればこそいささかも怯むことなく
やよ励め
やよやよ励めかわつるみ

初めははずみでも

最下のところはトンネル効果のチラリズムに徹せよ！
（アジビラ飛べ飛べ風媒花となって
アジビラ撒け撒け根付くかどうかわからぬが）
わが道はテロル（自爆せず）にあらめやも
ところによっては彼岸過ぎまでの恥部露出ではあったが　豚面を晒し縮こまって皮被りのまま

わしの精子はリズミカルに静止しておる
生死の見境い見届けんがために
すべて世はこともあり

象皮病のわしの睾丸に走り書きされようとしてくすぐったがりやのためかろうじて果たせなかった小文の今さら初公開

一張羅のバニーガールスタイル（勝負服?·と笑わば笑え）でわしは　スペルマタイ

プA改良型タイムカプセル（スペルマタイプB改良型と甲乙つけがたい）に勇躍乗り込む　点検もそこそこ安全ベルトを装着し　フロントガラスと天下晴れて認識しておる雨戸を叩くように叩き　掻き回すだけでも容易なことではない操縦桿と想定しておる火掻き棒を　ぐるぐるぐるぐる目にも止まらぬ早さで　未知の方角へお安い御用と掻きまぜようとしているのは誰じゃ
誰の差し金の密偵たるもう袋の鼠の一体誰なのじゃろう

椿油を滑らせ頭を剃るのは　虫が湧きそうで好かんが　うぶ髭を剃るのはわしも好き者じゃからして　えらく興奮させられる
お漏らしをそそるだけのおねしょパットは
焼け石に防火用水の百鬼夜尿
我が物顔に　罷り通る

象皮病のわしの睾丸に走り書きされようとしてくすぐったがりやのためかろうじて果たせなかった小文の補足の今さら初公開
（読むとますますこんがらがってくる）

いつもの
いつもより雨足の長い
腹底に響く
ハンマー混じりの雨が降り注ぐ
数時間前はじりじり照りつける雨だったが
（ちなみにハンマーはハンマー　決して比喩の類に非ず）
針の雨が降ったことさえ

レインコートにレインブーツ
血だらけの女の子が
それでもめげずにギャーギャーはしゃいでいる
ヘルメットを被らず飛び出したのだろう
よっぽど雨がうれしいのだ
空から降るものなら何でも大歓迎
わしだってずぶ濡れとなるほど浴びてみたいのだ
窓開きヘルメットでなけりゃ
彼女はきっと　しとしと降る雨や

ザーザー降る雨を知らずに
生のゴールテープを切ることじゃろう
何とも妬ましい
欠礼
痛ましいことじゃ

予言に値する詩をもって
抗議を！

ちょっぴり気のせいか
（雨のせいではあるまい　わしは窓の内側におるのじゃから　なるほど手は窓枠を
跨いでおったが）
ズロースを濡らしてしまったようだ
臭いは少々きついが　我慢できぬというほどでもないし　気分は悪かろうはずがな
い
オシッコの乾く暇《いとま》とてない金壺眼と違い
直乾くじゃろうて

人によってはまちまちじゃろうが　善がり声ともとれる聞き覚えのある悲鳴に釣られ
手垢にしか塗れていない輪郭もおぼろげな一物が　あるまいことか現に現に起こり
つつあることじゃが　労せずして華々しくも
掩げそうじゃよ

第三部　お転びの巻

さてと
幾分共長めにカットした話の続きをしようかの
お待ち兼ねのことじゃろうて
なに　手続きは簡便でしてな
手蔓のペダルをギシガシ踏みさえすれば
勢い余って踏み越そうが踏み抜こうが　お構いなし
正気の沙汰より狂気の沙汰　そうではなかったですかな
伝手に頼る同じ轍は踏み戻さぬことと　そのような戒めではなかったですかな
ここまでのあらすじ紹介も　予断を与えるので省略させてもらおうか

物《ぶつ》にいささか覚えのある同士　朝っぱらから股ボタンを突っ張らせ　啀《いが》み合うほど
トロくはない
これ以上これ以下
セミコロンやピリオドを　隅っこでコソコソもたもた待たせるにもほどがあるって

もんだ
これ以上これ以下

何の故これあって誰のさしがね思いつき　台本の棒読みスラスラト書きの丸暗記スーラスーラ　そうはうまくゆくものか　思い上がりの熱《ほとぼり》冷めるまで待つわけにはゆかんものかね　待つ身はつらい　つらいぞぞー
そうはうまくそうそううまくゆくものか
だからとはいえ　むやみやたらと自慢の効き鼻で嗅ぎ回るものじゃない
みっともねえ

場の1

かねがね義兄の実妹思い私にとっては義子思い　端からみれば私を含め端からみるならそうだなそうなるだろういざとなったら私を含め含めなくともそうなるだろうそうなっちまうだろうな思われっぱなしの女で通そうそう決めた
ものは言いよう伝えよう
私は女についてついぞあずかり知らぬはずではなかったか？
（本書第一部23の場とくと参照あれ！）

さあ　そいつはどうかな
ものは言いよう伝えられよう
裸で証人尋問に応じることの是非はさておき　尋問始まったばかりたった今始まったばかり　私はかねがね今の今まで私であった私は両手を組み尻にあてがい椅子代わり何ともしっくりくるいい気持　いささか奇抜な傍聴席　鉛筆を握りこそこそ逃げる算段私にも覚えのある一件

尋問は昼抜きの午後から再開つるべざまの尋問　それまで待つだろうか私はそれまで待てるだろうか私は

関わりがあったとして張本人の真犯人は私ではない　私にごくごく近い私の半身(下半身?・まさかね)　より2／3以上4／5未満私にごくごく近い私ではあっても私その人ではない
いかにそれを証明しよう　できようか
実を言えば唯一の目撃者が私　唯一の発見者が私　唯一の生証人として出廷し　何の故あってかひどく閑散とした傍聴席で　握られたことは多々あっても握ったこと

など滅多にない鉛筆を握りしめ　すっかり固まっている被告席じゃなかった証人席の私にごくごく近い私の半身（下半身?・まさかね）より2／3以上4／5未満私にごくごく近い絵空事の私をスケッチしよう

本来私が坐るべき被告席じゃなかったわざとらしいぞ証人席の私にごくごく近い私の半身（上半身?・論外）より2／3以上4／5未満私にごくごく近い私のだんだん的はずれの答弁　ピッチ話法で逐一速記する

うつらうつら絵筆を握り　品良き握りとはかくなるものかスケッチブックをなぞっていたが　そもそもせわしくなぞるスケッチブック自体ページ《落丁》レス　せわしなくなぞることでそれらしく見せかけているのだ
てことはとっくにばれている
ばれきっている了解
りょ　りょ　了解
　みっともねえ

場の2

実物大のとりわけ塩の声帯模写の運び屋
彼らとてれっきとした傍聴人　やや凄身と酸味を効かせすぎた

偽の整理券拾って裏口からこそこそ入場
裏から入って表へ抜ける慣用手段
表から入ってフリーパスで途中どうにかこうにか用便中座してよぼよぼ口だけ達者
どうやら抜けきり表へほいしまったフリーパスでこうやら裏へ　ここで本物らしき
整理券拾ってやれやれ裏口から堂々入場した

たまたまこれはほんの一例以下同様　ほうほう白黒写真豊富付き症例多数　こりゃ
病みつきになりますな
その一その二尻をもちゃげて表裏裏悦に入ってその調子その調子私はとうから仲間
はずれ　仲間はずれ仲間を仲間はずれしようとやっきになって　気を揉み気を遣り
一人闘論一五台のマイクロフォンに対し

うとうとうたた寝話すのは私　うたた寝うとうとと聞くのは私

マイクロフォン通じ訪問するのは私　防戦一方なのは私
仲間はずれ仲間を仲間はずれしようとあれこれ策略欠席尋問足踏みイライラ　仲間
はずれ仲間から仲間はずれされかねない本命候補は私　どう転ぼうと転んで立ち直
ろうと裁かれるのは私だよ
すじ書きどおりオーバーに気を揉み気を遣り人毛はしたなく震わせて
みっともねえ！

場の3

実地に出向き実習重ねいちいち歩いてペダルを踏んで　ギーギーギアのはずれかけ
ずれたペダルを漕いで　イライラ生涯かけイライラ終点ずっと先いやもういややに
なるほどずっと先　あと何生涯ブレーキ継続き裂故障したとして　イライラセカセ
カ余裕しゃくしゃくセカセカイラセカ
尋問は昼抜き午後から再開矢継ぎ早手の内見せて　答えに窮する間を与えてならぬ
戦意喪失のきっかけ失わせてはならぬ
そもそも尋問それ自体が目的なのであって
安易な答引き出すなどもっての論外
尋問夏中つるべうち尋問冬中登山セーター

どうやらやれやれこうやらやれやれ間に合った
間に合わなくとも構いはしないが間に合った方が心証ずうっとよく　間に合わせた
方がさあどうぞさあさあどうぞ安心してあなたになら尻を任せられる
さあ　そいつはどうかな私のあずかり知らぬこと

場の4

私は万引きの斡旋実は見張りびっこ（許されよ！表現の自制）だから逃走用囚
夏中獄中登山セーターまああることないことまあまあペラペラよくまあべラべラ尋
問取調次から次と尽きないものよ汲みつきないものよ　年中無給年柄年中ペラべラ
ペラべラ激しい嘔吐の応酬

私そのものが万引きの商品盗まれる憂き目に会ったり　盗まれかえってせいせい私
は後悔しない泳げないから走れないから気触《かぶ》れて歩けないから　背すじをしゃんと
曲げ膝をシャンと伸ばし幼稚猿児のように
はずみで物の怪・憑き物が落ちやがった
かえってせいせい！

濡らしたらやり直し洩らしたらやり直せ
その場に直立言えば立て立てば反らせの親心
顔面探って隈無くまさぐって逝去しても平気尻が濡れなければ平気一安心
腐っているから生きがいい！
（自作から無断転用）

場の5

肛門の三寸上他人によっては二・五寸内外尾底骨がむずむずむず痒い　私も結構リラックスラリラックス　仲間を売ったりけしかけて薬を売ったり調合したり　去年の今頃はそうだった
今年はどうなることやらそれとなく全身尾行されているそれはそうだろう　それとなく尾行させているそれもそう私は泳がされている一網打尽の囚として　昼間はほおっかむり足腰ふらつかせ楽隠居　家庭訪問お元気ですか又どうぞ　立派な門ですねあなたの門に比べれば貧弱そのものですよ
尾行者のレポート提出の一助になればとお元気ですか又どうぞ　立派な門ですねあなたの門に比べれば実にどうもだらしがない

お元気ですか又どうぞ　立派な門ですね門を寿ぎさえすればレポート用紙は埋まりつつあるかね順調に
お待ちしておりましたさあさあどうぞお元気ですか亡くなりましたつい今し方　復活しそうになったら連絡下さいウナ電で
どうぞどうぞこれに懲りずに又どうぞ

場の6

一網打尽の囚　私はうたたねうとうとしてるだけ　進行上邪魔とならぬよう頸部圧迫の上窓から放り込まれぬよう（地面と地続きならそれはそれで了解しようが）舞台の袖に畏まり　イライラセカセカイラセカイラセカ私の取るべき義務
おわかりかお元気で
おわかりかお元気で
まっことおわかりか　又どうぞ

場の7

誰かと共謀あるいは単独でヒクターの犬に客引きと鶏冠（荊冠?・桂冠?・物騒な）まがいを

第一案「させた」
第二案「させつつある」
第三案「させようと思ったが途中で逃げられ失敗　赤っ恥をかいた　しかし　再度させるつもりでいる」
第四案「一度目はかっちり成功したが二度目は上滑りして駄目だった　その滑った遠因探るため連行し　即座に幽閉」
第五案「してもらった」
第六案「してあげた　半ば喜んで（となると事件そのものの立証が困難だ）」
第七案「させてから　してあげた」
第八案「してあげてから　させた」
第九案「させた（ただし　第一案との違いは　ヒクターの犬の方が積極的に話を持ちかけ計画を練ったということだ）」
客引きと鶏冠まがいをさせられたのはヒクターの犬ではない　しっぽがちょこっと似通っていただけだ　ヒクターの犬はあのようにしゃがんだきり　尿を始末するため前足で砂さえかけてやれない有り様だ
尋問夏中のらりくらり　のらりのらのら
尋問冬中くらりくらくら　くらりらりらり

場の8

前から二人ずつ長椅子に　余った一人は立見席長椅子の横ですな　そうすると立見席が定員オーバー　長椅子は本来三人掛け　ただし本日は二人掛けその理由はよしましょうや
縁起でもねえ
さあ　スパートして下さい　そう固くならずと良い席に御着床下さい
画鋲をたんとばら撒いて置きましたから
心地よく御着床下さい
人間椅子ですな　うまくぶすりと尻を止められれば
整理券はピタリ76　そうすると立見席を動員しても坐りきれませんな
整理券の半券は握りしめておるし　数字もダブってはいないようだ
こりゃ時間が迫っておりますな
整理券を再発行するため並ぶ順番を決めるくじを　公平に引く暇などなさそうだ
苦渋に満ちた選択ですが　四人掛けにすればピタリおさまりそうですなおさまると
ころにどうやらこうやら
尻を掻くのをじっと耐えさえすれば　そうそう尻を掻き合うという頗る合理的方法

もありえますな
合姦？合姦ねえ……
これは推量の越権行為ですぞ

場の9

用意はいいかね
できそこないの
またひと悶着起こしてくれよ
またひと囀り発声の基本
ウーウーウー　ヤーヤーヤー　ターターター
上擦りっ放し
私は私で立ちっ放し褒められもせず
うとうと寝ている時苦にもされず特にそう
特にそうでない時特にそう
そういう者に私はなりたくない
私に同化しつつある淋人が私に添い寝しながら大声で呟く
私の無沙汰なのを見越し　鎌をかけてよこす

酔い潰れたふりして大嫃ズルズルズルズーイ
ズルズルズー　ズルズルズルズーイズッズル
ズー
うとうとまどろんでいる時特にそう
特にそうでない時特にそう
特にそうである時と特にそうでない時
それは試食してみりゃ一目という寸法でさあ
呟き続ける絶え間なく　爛れがちの鼻と口まれには爛れ気味の尻の孔っこ濡れチリ
紙で塞ぐまでもなく
特にそうでない時特にそうである時はるかに凌ぐこともあり
註はいらぬ　意をとっくと汲まれたし
ささいな過失　取り付く暇なし取り返しのつかぬささいな過失
註はいらぬ　チュウなど
うとうと眼をしょぼつかせ寝ている時は特にそう　特にそうでない時特にそう
ここまでは2／3以上4／5未満の犠牲によって　2／3以上4／5未満事がスムー
スに運んでいる

場の10

私はうたたね
私はうとうとしてるだけ
私はうたたねうとうとしてるだけ

尋問錯乱するまで
体位はさしずめ私の眼前三寸先　他人によっては二・五寸内外むずむずむず痒いぞ
はてさてどの手を使い掻くべきか　右手は左の尻を左手は右の尻を交互に抱え込み
効き指は　はてさてどっちだっけ　どっちがどうだろうとどっちがどっちだろうと
どうでもいいやな　さしずめバランス尿立

微動だにせずされば失墜　微動だにせずされば墜落真っ黒コゲ　ほっと撫で下ろし
地面に尿ドリットルルルーッ
上出来だ！
気分良し！

場の11

モーター付き自転車の荷台に乗って　ずり落ちぬようベルトをしっかり腹へ巻きつけ粒条痕が腹にくっきり　留め金も縢《かが》り目もなしとなればしゃあないわ
私はやっぱりそうだった　私の前のやはり荷台に乗って同系色のペダル踏んだり漕いだり脇目もふらず　ちょっとは脇目を振って踏んだり漕いだりしている奴（油を売ったり道草喰んだり私は牛ではないし　牛的人物でもないのだから）
呼んでみようぜ口をきゅっと窄めワイワイのＹ（奴だからＹ？何たる尻軽発想）
呼びかけてみようぜわいわいのＹ
呼び捨てだぜＹＹのわい
渋面でＹと一音
へたくそ　やり直し
先を急ぐともなく急ぐのが　おいに課せられおはんに科せられた急務でごわす
ほいしまった　うかうかしてると後戻り
しゃくれ顎《チン》に数発災いの種を見舞うこともできるのだよ
耳障りな声と耳と目と塞いだのにどうしたどうしたどうしたことか　ひっきりなし

懐かしの肉声らしきもの手掛かりなし
どういたしまして
少し心配　手鼻を噀んで耳がキーンと唸る
すばやく信号を送る
肉声らしきものへ向け盲滅法
私はうまく呼んだつもり奴の頭文字Yと一音　短く強く
発音だけは自信たっぷり
肉声すなわち肉厚の声らしきものへ
へたくそ

言い直すなら今のうちだよ
へたくそ
犠牲者の増えない言い直せるうちだよ
へたくそ
まわりくどい反吐もどする風上にまわり
風下へ待機して睾丸の錘でも垂れるなら
へっぴり腰でにじり寄るとでもいうのかね

へたくそ
こんなところでピチャピチャ撮るんじゃない
振り落とされても平気平気
尻からもろに叩きつけられなければ
それにしてもすごい馬力馬鹿力

場の12

私はペダルを踏んじゃいない
なるほど懸命に足を上下動させてはいるが
おいてけぼりされぬよう
ペダルの動きに合わせ空踏みしてるだけ
ギーギー
必死なのは形想だけ
ギーギー
重たげペダルさも踏んでいるとみせかけ
ギシギシ

ペダル膝頭の屈身上下動
かぶりを振って小刻みに
大股のらりくらり
ギーギーギシギシギーギーギシギシ
ギコギコ
ペダルに乗っかり荷台を踏む方がずっと楽
踏むべきだったねイライラ
漕ぐべきだったねセカセカイラセカイラセカ
そうすべきだったねイライラセカセカイラセカイラセカ
さっさと分相応の内袋に保護保存まだ息があるうちそういうことだ　内袋にねっと
りが満ち破れぬうち何とかしろ自然消滅待つつもりかね　愚直に
尻がむず痒い何とかしろ私の両指塞がって掻けないダメ文字文字掻けない
奴が振り向く
奴の声が振り向く
オレにひとつ掻かせてみる気はないかね
ほんのひとっ掻きで満足させる自信がある
オレに嗅がせてみる気はないかね

ほんのひとっ嗅ぎでグーの音すら洩らさせやしない
ドンピシャリ

場の13

ピンピンしてる私の出っ張り出出っ張り
しっぽとは違う
一物とも違う
そう他人によっては二・五寸内外私は三寸
あずかり知らぬこと
飲み込むのにつかえるはずの毛なし通じもスムース
寸法他人によっては二・五寸内外私は三寸
重量他人によっては私の2／3以上4／5未満願ったりかなったり
しっぽとは違う似てはいるが
一物とは違うそっくりそのものだが
直径私は三寸他人によっては二・五寸内外
物騒につき自家漏電の最中バッサリ仕末
再び生えるや伸びるや

ゴッホの耳のように

ピンピンしてる私の出っ張り出でっ張り
尻の孔（たくさんありますな　通夜通夜しておりますな）に挿入
しっぽならしっぽと仮に仮初めにそういうことにしておく
おめおめ引き退る好実らしい好実にやれやれやれやっとこ巡り合えたわい

尻がむず痒い
今でもそう
尻がむずる
これからもそう調子っぱずれ寸足らず
私は大概二・五寸（あれっ？）他人によっては三寸内外
スポンと抜ける気軽に用が足せる
コルク栓こいつは重宝だ
私は三寸（あれれっ？）他人によっては二・五寸内外どいつもこいつも持っている
はずそうびくつくなよ
どいつもこいつも二・五寸内外私は三寸実測したさ正確を期し物指しで

場の14

私はうとうとしてるだけ
私はうたたねうとうとしてるだけ
つるべざまの尋問しっかり気をしっかり
いざこざあれこれぶり返し
転向迫るオープンセット郊外台所ハラハラ　ボタ雪のせい
一心腐乱昼夜別なくのべつまくなしまくしたてあずかり知らぬこと
気をしっかり気をしっかり
もたんかい　ほら
あれもそうこれもそう私の専門外そうそうせっつくなよ

いうなれば私は囚を手懐けしょっ引くための囚
調べはとっくのとっくついているはず
みっともねえまだ知らきる気？

私はうたたねうとうとしてるだけ

私はうたたねうとうとしてるふりをしてるだけ
一体誰のさしがね誰を庇い誰の目糞鼻糞となってこそこそおどおど男かね女かねそれとも
疣結びの疣が連想させるから　赤札べったり押収あれっきり
ぼかされた押収番号　日光にかざし懸命になするがかえってぼかがひどまる
これではどうにも臭気に噎せるばかりで
あきまへんなあ

場の15

あれは寫し　模寫
寫しの寫し
模寫の模寫がここにこのここに息殺し
のこのこ息吐くな息殺しのこのこ息吸うな
よろしよろしその調子その調子そうだそう
それはそうそれだそれそれその調子その

くすねたもとい拾ったもとい失くしたもとい尻の孔にしまってた確認証拠物件第N
号そうそうこれだこのこれだひどい手すさび跡がたまらなく懐かしい
唯一のもうとっくに無効
すべてすべからくあからさま
あらかじめ算盤尽くのルポタージュ
つまりその何だな体の良いサボタージュ

私はうたたねうとうとしてるだけ
ここは台所郊外じゃないがっかりしなさんな
モーターサイクル付き無灯自転車の荷台
天然芝生じゃないがっかりしなさんな

続きを早くイライラ客をセカセカ待たせちゃいかん　生理券をすかさず乱発するな
りしてすんなり意志の疎通をはからなけりゃ　臭い飯にもありつけんぞ
イライラ客に出でっ張りを覗かせるんじゃない　イライラ客に舞台上でセカセカ火
付けを煽るような反芻と余韻を残しちゃならん
ブスブス

もうそろそろもうそろそろもうそろそろじゃねえのか　捻じ込んで辻褄合わせよう
じゃねえか
それとも連れ込み式汲み取り宿でつるべざまの尋問点滴耐え抜くつもりかね夏中登
山セーターで　ただもううっとり
夏中すったもんだもったとして秋口には喪中
確に実に

場の16

私はうたたねうとうとしてるだけ
互いの荷物と持ち物目と眼で確認
疣結びの風呂敷包に包みきれず丸ごと押収
逸がれた寫しの寫しホッ　模寫の模寫ホッホッ
なんだもう時効切れか
これで丸く収まってくれればしめたもの
私のあずかり知らぬこと
またまた知らんぷりしてネタは上がってるんですぜとっくにとっくとネタは

場の17

持ち物四散　見方変えれば持ち主失踪　遺失物捜査係へ直行私の持ち物紛失届
実に全くもって毛
これでもかイライラ　これでもかセカセカ
捜査官との見掛け倒しの対話
舌に黴の生えた独白録など
飛ばし読みして苔コッコー
これでもかこれでもか　イラセカイラセカ
—これといった特筆すべき特徴は？
—これといってありませんが
—これといってないのが特徴と　包には重要書類でも　人を喰った内容の　ティッシュの切れっ端でも残っておればしめたもの　ＤＮＡ鑑定にまわせますぞ　鼻はめったに嚊みませんかな？
—めったには咬みません　誰のものとは特定しにくいほんの身の回り品ばかりだと思います。
—ばかりだと思いますじゃ調書の埋めようがありませんな　取り返せるものもどう

かすると取り戻せませんぞ　ばかりですと断言していただかんと意欲がそがれてしまう　あんたの持ち物でしょうが　声を荒げるのは嫌いじゃないが　持ち主はあんたでしょう

—ですが　大ZAPPAな性格が幸いしましてはっきりおぼえていないのです

—具体的に書かなけりゃならんのですよ

規則でしてな　何とか協力していただくわけにはゆきませんかな

—はっきりしている範囲では　着古しのパジャマ　色はうすいブルーと濃い目の紫です

—うすいブルーと濃い目の紫ということは　二着のパジャマかね

—いえ　うすいブルーの方はパジャマの上着で　濃い目の紫の方はパジャマのズボンです

—上下色違いのパジャマかね　是が非でも拝見したい　またとない特徴だ　わしのペンがたまらず走り出しましたぞ

—見つかったも同然ということですね

—とんでもない　色彩なんてものはいかようにもどうともなる

あとはどんなものを……

—万年筆です　吸い上げ式の

—吸い上げ式?
—つまりスポイトで吸い上げるものです
少々面倒ですが
—それならわしもたくさんもっておる　調書毎に交換するしきたりとなっておりまして
してな　ほれこの通り　50~60本はあるじゃろうか
机の引き出しの一番上を素早く開け　素早く閉じる
—御覧のとおり10本位ずつ束にし　輪ゴムで留めてある　それというのもどうやらわしの万年筆が狙われておる　涙腺をふりしぼらせる調書を書かせる万年筆と知ってな　鋭意捜査中とのところ　降ってわいたようにあんたのお出ましだ
—ただ　包の底に忍ばせてというよりほったらかしておいたものがあります
私の手の甲を模写した手垢まみれの水彩画です（原寸大）　レントゲン写真を基にしたもので申し訳ありませんが
—そりゃあ願ったりかなったり
そいつを早く言ってくれれば　下半身を笑わせながらでもできるやっつけ仕事　たちどころ解明・回収してみせるものを
安心しなさい　わし一人でたくさんだ
わし一人で即刻円満解決そう願いたいところだが　生憎わしは本日限り依頼退職で

してな　表向き正式書類に則り　正式手続きを正式に踏み慰留を振り切ったことと
なっておる
御存知かどうか専任捜査官はわし一人でな　わしの後任の捜査官は代行捜査官とな
るらしい　詳しく説明しておる暇はないが
わしが本日限りでしぶしぶ退官すれば
新米代行捜査官を除き　残るは見習い代行捜査官　その他大勢の見習い職員ばかり
連中と来た日にゃ　牛よりノロノロ手錠をちらつかせ　しょっちゅうずり落ちる
（ずり落とす？）ズボンをしょっちゅうたくし上げながら捜査活動（と自称するも
の）を喜々としておっ始めることじゃろう
なにしろ　ちょっとばかし怪しそうな者も見るから怪しそうでない者もまずは護身
棒（と自称するもの）で殴りつけ　つるべざまの尋問を浴びせかけるという　これ
はもう古典的紳士然としたやり口でしてな
不意に呼びとめ背後からですぞ　容赦なくしょっぴくだろうから　霊安室まで即席
取調室に狩り出さねばなるまい
職務執行妨害罪なり吃音罪なり猥褻物隠匿罪なり　もっともっともっともらしくない罪
を　もっともっともっともらしくでっち上げてな
運よく解放された者は　再び呼び止められ眼と目が合うのを畏怖する余り　自発的

に眼を潰すか焼いてしまおうとするものだ
退官を勧める理由というのが　特にはないが　ここらが潮時であろうというのだか
ら　ふるっておろう
不承不承であろうとも本日限り退官するわしが　何故未練たらしく新米代行捜査官
及び見習い代行捜査官ならびにその他大勢の見習い職員を口極め口汚く無能呼ばわ
りするかおわかりか？
このような捜査活動だけなら　いささかなりと覚えがあり　違法スレスレには違い
ないが違法そのものではない
しかしながら　彼らには見過ごせぬ欠陥があってな
その欠陥というのは鼻が効かん
その一点に集約されよう
わしの鼻は警察犬のN乗倍との誉れ高き効き鼻なんじゃが　この鼻のお陰で解決で
きた難事件は10指に余ろうか
もっとも　鼻の効く効かぬはその外見で判断できぬこと　この鼻を見りゃ一目瞭然
せめて鼻だけでも捜査活動に従事させるわけにはゆかぬものかと　柄にもなくすり
寄ったこともあるが
こうなればなったで　私立探偵社を開業し　見習い代行捜査官及びその他大勢の見

習い職員の活動を　それとなく妨害じゃない助けようかと思っとる
警察犬のN乗倍のわしの効き鼻に塹壕コートを着せ　それと悟られぬようボルサリーノを真深にかぶせてな

そんなわけでこの上は外をあたられるか（といって　この地区にここ以外の外はありませんが）さもなくば自分の鼻で地道に捜すことですな
せめてあと一日早く紛失しておれば　わしの効き鼻をフル回転し　あるいはということもひょっとしてということもあり得たかもしれんが
さすれば猫糞されるおそれもなかった
どうかするとどうかするとそんな輩が混じっておって
全部がそうではない
全部が全部そうではないというわけじゃない
全部が全部そうというわけじゃない
あくまでも仮定の仮定の仮定の話ですぞ

この警察犬のN乗倍と言われる鼻で嗅ぎまわれば　誰がいの一番に脱落もせずに犬に噛まれもせず鼻をもがれもせずいがみ合って蹴落とされもせず　その他大勢の見

習い職員から見習い代行捜査官へ　見習い代行捜査官から代行捜査官を経て　めでたく捜査官として任命されるのか　ズバズバ言い当ててみせるという寸法じゃよ
ここにわしの予想メモがある
途中不測の事態でも生じない限り　メモの正しさがじわじわ威力を発揮するはずなのだが　今がその不測の事態の真っ只中といえぬこともない
わしが若手バリバリの捜査官なりたての頃　この部屋には五名の捜査官が机を並べていた　時期としてはそう長くはない
捜査官とは名ばかりでな　効き鼻が功を奏し活躍するのはもう少し後のこととなるそれが一人減り二人減りとうとうわし一人となった　すべて挨拶抜き朝行くと机がなくなっていた
当時　やっかみ半分だろうが　捜査官のことごとくが一番若手のわしに酷似どころか　わしその人ではないかとぬけぬけ抜かす者達がおってな
右肩下がりの後ろ姿とか
飛ぶような歩き方とか
自明の理とばかりずけずけ指摘される始末

似なくてどうするか？
仕事が顔を作るのだから
と　まぜっ返してやったものだ

何としてでもわしを失脚（それも法に則して）させたいがための苦しまぎれのガセ
ネタとはいえ　捜査官ともなると敵の陣中で指揮を執っているようなもので　一人
言はおろか寝言に至るまで筒抜けといっても過言でない
わしが不承不承退官に追い込まれたのもそういった十数年越しのしつこい根回し
（誰のさしがね？）が功を奏したということじゃろう

この椅子この机この制服制帽この電話この貧乏ゆすりとやぶ睨み　長針が短針を飲
み込めばお別れとなる
この椅子この机この制服制帽この電話この貧乏ゆすりとやぶ睨み　みな置いて去ら
ねばならん
規則でしてな
私物といってはわし自身のこの丸っこい体
湯飲み茶碗とお茶っ葉　吸上式万年筆　メモ用紙からチリ紙　弁当箱のふたにこび

りついた飯粒の果てに至るまで官の物　わしの前任者がその前任者から引き継いだ由緒正しき官の物
湯飲み茶碗を誤って壊したりすれば　熱い茶も冷たいミルクティーも　わしの喉を潤すことはかなわなくなる
重大なる規則違反を承知で新しい湯飲み茶碗を求めてくる　殊勝な部下に巡り合いたかったたな
とりも直さずそれは　その他大勢の見習い職員から見習い代行捜査官へ　見習い代行捜査官から代行捜査官を経てめでたく捜査官へという道を放棄したに等しい愚行には違いないが
愚行も三日もやれば楽しいものですぞ

わしがわし専用に湯飲み茶碗を購入する
厚かましくも私物をこの室内に持ち込むことですな
それがばれずともばれそうになっただけで制服制帽即時返還の大合唱があっちこっちから湧き上がる
だからわしは　事件そのものの解決より机とか椅子とか制服制帽とか電話とか万年筆とか湯飲み茶碗とか貧乏ゆすりとやぶ睨みとかの方に　広大無比の注意を支払わ

ざるを得なかった
この机この椅子この制服制帽この電話この貧乏ゆすりとやぶ睨みこの湯飲み茶碗と
お茶っ葉この万年筆とチリ紙とそれから弁当箱のふたにこびりついた飯粒の果てに
至るまで　前任者が後任者へ過不足なく引き継ぐものなのだが　なにせわしの後任
というのが誰か具体的にはまだしかとわからぬ
見習い代行捜査官の内から選ばれることだけは　はっきりしておる
一足飛びに捜査官として任命されることはあるまいから　まあ特例として捜査官心
得ということで落ちつくのじゃろう
捜査官としてふさわしい人物を見抜き　後継者として育てなかったわしの非をそれ
となくにおわせる者もいるらしいが　新たな捜査官候補を何としてでも育てよとの
厳命を　前任の捜査官から口頭で引き継ぎされた覚えはない
極めて異例であること認めざるをえまいが　元来　捜査官にふさわしい人物という
ものは　自然の成り行きで育っていくものだ
そのようにしてスムーズに　立ち止まることなく運んできた
今回は無念の中途降板なのだから　ふさわしい人物が育っていないのも当然といえ
ば当然　まあ　いずれそのうちわしに匹敵する効き鼻の捜査官が出現する
いずれそのうちヌーッとな

わしがこの部屋にもどることなど金輪際あるまいと確信できた頃　というのももしかするとひょっとして　これは退官予行演習なのかもしれんし　ちょっとばかし長い用足しに面向いただけかもしれんからだ

興味がなければ聞き流しで結構だが　トイレはここから1㎞先にありましてな　ちょっと説明させてもらうと　前任者の前任者の前任者の前任者の時代にはよほど大男揃いだったものとみえ　穴の端にへっぴり腰をそろりそろり突き出し（これが難業でしてな）用を足さねばならぬ

穴の深さは見当もつかんし　わざわざ覗くわけにもゆくまい

見習い職員総出で　わしが見習い職員となる前の話となるが　角スコや丸スコ　つるはしやハンマーの類をふるい　素手や軍手で掻き出す殊勝な者もいたというが掻き出された土はナップザックへ積みどこへともなく運び去った

どこへともなくとは　引き継ぎを口頭では受けていないどこへともなくということだ

明日から早速効き鼻にボルサリーノをかぶせ　嗅ぎまわってみせる　どこへ土を運

び去ったものやら看過できまい　非公然私立探偵としての初仕事じゃ　ああ鼻が鳴る鼻が鳴る

そういうわけで　この扉が開いてわしが戻ってくることなどあるまいと確信できた頃

後任のなりたて捜査官心得がこの椅子に坐り　この机を撫で　この黒板　そうこれもわしのものではなかったな　この黒板に記念すべき日の日付でも　捜査官心得という身でこの部屋の主となれた記念すべき日の日付けだけでも記そうかと無雑作にチョーク（これもそうだ）を取り出し机に背を向けたとたん

待ってましたとばかり扉（この扉は把っ手がはずれかかり　そういえば把っ手を利用し開閉した覚えがないのはどうしたわけか　わしの何代か前の前任者の前任者の前任者の握力がアームレスラー並みで　ひょっとしたはずみに壊れかけてしまったのかもしれぬ

湯飲み茶碗の例を再び引用するまでもなく

この部屋に私物の持込みは許されんので

規則でしてな

把っ手だけ別扱いというわけにもゆくまい

壊れたら補充するというシステムが壊れてしまっている）を勢いよく押し開けわしが入って来たらどうする　ガンベルト（捜査官にのみ携行を許された　こいつも官の物だ）から銃身をひっこ抜き　効き鼻を小刻みに震わせ片目をつぶり　一発で仕止める覚悟の身構えで（実弾の所有が認められ　なおかつサビついていなければ）というのも　前任者との引継完了前に　たとえ後任者の早トチリであろうと　この椅子に腰かけ　この机を撫で　この黒板を使用しようとする　これに優る冒瀆は考えられんのでな

後任者のためにも　前任者が決死の覚悟で警告を発しなければなるまい

捜査官に選ばれる　特に今回に限っては未だ見習い代行捜査官の分際の自分が　まあ捜査官心得として任命されるわけですが　それだけで舞い上がってしまいましてな

この椅子に腰かけ（坐り心地からいったらB級なんだが）　この机を撫で　捜査官心得としての第一歩　黒板に日付を記したいものなのだ

ところで　わしの上司というのはな　なんでも前任者の前任者の前任者の前任者の代から居坐っているそうだ

とはいえ　地位への固執はない

適任者に恵まれさえすれば　と語っておるらしいが
それならどうだろう
この効き鼻一つで筆頭候補に浮上してよさそうなものではないか　わしがこの地区唯一の捜査官であるという明々白々の事実が　報告漏れとなっておるのではないかな
だとすればわしの初歩的凡ミスということだ　慣例を破り　わしに関する調書をかなり部厚いものだが　直接持参し説明せねばなるまい
とはいえ　退庁時刻をとうに過ぎておるなあ
見習い代行捜査官及びその他大勢の見習い職員の間では　今までもそうであったように
後任のなりたて捜査官心得というのも誰あろうわし自身であり　わし以外あり得ぬという噂でもちきりらしい
やれやれ誰が好き好んで流しているものか
大よその憶測はついとるが
似なくてどうする！
仕事が顔を作るのだ！　身体を作るのだ！
まぜっ返すまでもない　言下に否定する

ノノノノノー　ノノノノノー　ノノノノノー

なるほどそれなら　引継作業も省略できようというものだが
この紙上をお借りし　わしは言下に否定する
否定させてはくれまいか
ノノノノン　ノノノノンノノン　ノノノノン

実は　我慢の限界をとっくとオーバーしてしておりましてな
催しっ放しといってても過言じゃない
年のせいではありませんぞ
だらしなくもありませんぞ
自然現象に逆らえるほど　忘我の境地に至っておりませんからな
その都度息せき切って往復しなけりゃならん道なき道を
これでは通常の勤務にも差し支える
あんたともすれ違い　用便中の木札と御対面となったかもしれん
道なき道の往復では気も遠くなる
それを防ぐための工夫がこれじゃよ

机の足にチューブを巻きつけ　その一方を頭部へぐるぐる巻きにし　大あわてでつんのめりそうになりながら用を足した後　それを手操って急ぎ戻ることとした
用を足す毎意識が遠のきがちとなったがあっという間に苦もなく戻れるようになった

道なき道を

それ以前には誓って一度切りと思うが　ままよとばかり机の下に潜り込み　ズボンを下ろすももどかしく　そこいら中ひっかけながら用を足してしまったこともあった
規則では　この部屋にわしの所有物の持込みはいっさい御法度　早々に始末する必要に迫られ　どうかしとると思われるかもしれんが　追いつめられると人は虚を衝く行動に出がちなものでな　思い余った揚句喰ってしまったのじゃ　誓って一度だけ予想よりは飲み込むのに手間取らなかった　ひたすらひたすら面朴ない
もっとも　この部屋への出入りを許されている（許したのはわしではない）わずかの職員をうまく言いくるめ　片付けさせるという手もあるにはあった誓って誓って一度きり
新聞紙（官の物ですな　干物の鰊が中身なら申し分なかったが）に包み　更にはバ

スタオル（これもそうだ　これもそうだがどうしてここに）にしっかとくるみそれで中身を見抜くとはとうてい考えにくい　そうなったらそうなったで　わしに匹敵する効き鼻の持ち主であることが疑われる　そういうことになりますなそうだとするならば　これはうかうかしておれない　生来の効き鼻であるならばわしの指導を希望するかどうかによるが　たちどころに次期捜査官有力候補として浮上したことじゃろう
その芽を摘んでしまったとしたら　一人で処理したのが正しかったのか　わしの信念もぐらぐらぐらつく

あんたは他人のような気がせぬから　いらぬことまでついつい口走る
気を悪くせんで下さい
理由はようわかっとる
ようわかっとる　あんたのせいではない
これは　わしが代行捜査官時代に考案した日誌でしてな　現在使用中のもので　頗る合理的にできております

様式第１号

年　月　日（　）

天　候

捜　査　官　日　誌

１．前任者から引き継いだ事件

該当なし

２．前年度から引き継いだ事件

該当なし

３．前日から引き継いだ事件

該当なし

４．本日発生した事件

事件名	処理てん末	参考事項

５．その他特記事項

上記のとおり報告致します。

上　司　殿

捜　査　官 印

注）４については　事件のなかった日にのみ記載のこと

注に明快なように　事件の発生した日悠長に日誌をつける暇など　ありませんから
な
そうでなくとも　道なき道の往復やら　電話の応待やら　古い事件記録簿の廃棄と
読み直しやらで手一杯の状態
又　どんなに複雑な難事件であろうと　その日のうちに解決してみせる　メドをつ
けるのが捜査官としてのモットーであるならばその日のうちに解決でき　メドがつ
いた事件を　果たして事件の範中に入れるべきものか
せいぜい　事件というより事案の段階だ
捜査官としての力量とプライドに賭け　それがわしの認識
そんなこんなで日誌の1～3は該当なしとあらかじめ印刷してある
実際問題　わしの即断即決で射殺しちまったとしても　こりゃあ例えが過激過ぎま
したかな　正当防衛として処理される　そういうシステムになっておるのだが
捜査官の鑑として賛えられ　ひっそり息を引き取った暁には　わしに敬意を表し
道なき道の先の手入れの行き届いたトイレ　さっきは言い洩らしたが　格別見張ら
しの良いつまりは物騒極まりないトイレのごくごく近辺に　わしの鼻部をデフォル
メした顔像が立てられ除幕式の参列者招待名簿の筆頭には　わしの名が読めるであ
ろう　誤植?にあらず

しかしながら　わしの後任が見習い代行捜査官からなりたて捜査官心得では　この先お寒い限りですな

そうではありませんか?
もう少しお付き合い下さらんか　読者諸氏
その何ですな　１㎞先のトイレへ行きたくて　現役最後のトイレへ行きたくて　うずうずしておる
あともうわずかの辛抱で　正々扉を開け廊下を跨いで向かいの内便所（男女兼用）へ堂々駆け込み　気が済むまで用を足せることになるのだが
捜査官には１㎞先のトイレしか利用が許されぬ規則となっておりましてな
はちゃめちゃな規則は守らなくともよいとは　立場上言うにいえぬ
女々しい振る舞いだけは　慎まなければなりますまい
厳に重に

実に辛い
うずうずむずむず実につらい
これから１㎞先のトイレへチューブをたぐり往復していては　超特急でも途中時間

切れは必至　貸与品の制服制帽制靴　これもこれもこれもそうじゃったパンツの果てまで一式残らず　チューブで巻いてひとまとめにし　中途半端なその場から　どこへなりと好きな方角へ　こそこそ小走りに走り去ることになるだろう
屈められるだけ身を屈め
もう捜査官ではないのだから　見つかってはどえらいことになる

そういえば靴下が　貸与品の目録に入っていたかどうか　メモの類は残さず口頭で引き継ぐ慣例となっておるので　美《うるわ》しすぎる慣例ですな　ちょっとちょっとばかし待ちなされ

貸与品共通の刺繍の有無を確かめればよいのだ　目録云々にこだわることなどなかった
今から靴を脱ぐので机の下に潜り込み　靴下の小さな汚点のような刺繍の有無を調べて下さらんか
虫喰い穴と刺繍の区別はつくじゃろう
汗っかきなのでそこはかそこはか臭うかもしれんが　わしを救うと思い我慢して下され

なんなら　洗濯鋏を用意させますので
―あるといえばある　無いといえば無い
どちらとも断言できるようです
―よろしい　思ったとおり　これでわしの腹は決まった

わしがその場に脱ぎ捨てチューブでしっかと結わえたものは　いずれ後任のなりたて捜査官心得自身によって　無事発見保護されるに違いない
ひどい出不精でもない限り　いやでも後任のなりたて捜査官心得は　ほんのわずかの期間　最後のわしと同じ格好を余儀なくさせられることとなるが　それ位わしの無念さに比べれば　屁でもなかろう
できうるならば
午前0時の時報合図に　この机の上に制服制帽制靴等もろもろを脱ぎ　どうやらやってしまったようじゃ後前のパンツと虫喰いだらけの靴下を靴の中へ　パンツか左靴下が右となりますかな統計上（帽子の中へというわけにはまさかゆくまい）　この部屋を去りたいというのが偽らざる心境でな
せめてあと一日早く紛失しておれば　わしが手がける最終事件として１２０％解決できたものを

わしはわしの無二のモットーに反し　未処理の事件を後任のなりたて捜査官心得へ託すべく　腸をひさぐ思いで　口頭引継事項の中に繰り入れることとなりそうだ
わしはどうやら汚点を残し退官という　願ってもないシナリオに　まんまとはまってしまったようだ

あんたのせいじゃない
この件に関しあんたは蚊帳の外
あんたはどうみても　善人面の田舎のあんちゃんだ

後任のなりたて捜査官心得の初仕事は　わしが考案した日誌を改正することになろう
一部だけにしろ　全面改正にしろ　その日のうちつまりは明日中に実行にうつされることとなるだろう
あんたのことは　わしの妄想をたっぷり含め引き継いどくが　四散したとおぼしき荷物の発掘（発見ですな　犬じゃあるまいし）は　おぼつかないものとならざるを得まい
後任のなりたて捜査官心得に誰が任命されようと　捜査範囲は必然狭められる　捜

査開始前の時効を保証してもよい
なりたて捜査官心得補佐制度の導入を進言せねばなるまい

捜査官として任命される以前のわしは　まだほんの子供だった気がする　ほんの子供よりちょっぴり老けていた気もするが　ともかく大いに子供じみていたことは確かだ
その頃の仕事や癖が今も残っておって　何かの拍子にひょっこり現われる　あんたも身に覚えがありませんか　いたたまれず吹き出したくなるような
あるなら遠慮なくどうぞ

さて　今一つ心配なのは　いかにも子供っぽい悩みと笑い飛ばし聞き流さず聞き入ってほしいのだが　通便に苦慮しておりましてな

通便とは通弁のことでなく便通のことです
この地区では通便の方が通りがよい
便通という言い方はどうにもピンとこない
違和感が拭えぬ

しかもその何です
ふうふう力み
ひいひい息み
している現場をこっそり覗き見というよりはっきり監視されているような気配をひしひし感じ始めた頃から　通弁に苦慮するようになりましてな
かれこれひと月になんなんとする間　わしの尻を追っかけまわし　正体を見破られんとは天っ晴れな部下がいたものだ
部下以外の者がわしを見張る？　監視する？　ことなど物理的にありえぬ　ありえぬがことによると　わしの前々代あたりの捜査官を雇ったのかもしれぬ
誰が何を目的として
前々代あたりの捜査官ならわしとすれちがいざまの面識もある
一挙手一投足観察も怠りなかったはず
前々代の捜査官が現役の捜査官であった当時　わしは新米見習い代行捜査官として着任したばかりだった
捜査官の仕事というのは表向き　犯人を逮捕あるいは犯罪を未然に防止する　そう

いうことになっているがより大きな任務というのは　部下の掌握にあるといって過言でなかろう
敵を欺くには　まず味方からという古典的手法ですな
部下個々人の脳力データはわしの脳銀にファイルし　いつでも引き出せる
いつでも引き出せるはずなのじゃが……

ふうふう力み力み
ひいひい息み息み
しているへ現場をひそかに覗き見というよりはっきり監視できるのは部下か　退職した元捜査官の外は考えられんとつい口を滑らせたが　もう一人おりましたぞ
１㎞先のトイレならいざ知らず　我が家なら場所が場所なだけに　ヨチヨチ歩きの長男にも
医者泣かせの安産だったが　かわいい盛りでな　鼻の形がわしそっくり
パパをマーマー　ママをバーバーと誰に教え込まれたものやら　わしの盲点をついてくる
息子にこっそり覗き見というよりはっきり監視されているのであれば　これはこれで許し難い密告者ということになるのだろうか？

わが家のトイレは単純な設計ミスなのだが
構造上屋根からしか出入りができない
ためにやっかいなことでもいちいち外へ出
はしごを架け　屋根へ登り　みせかけの瓦をはずしてようやくトイレに降りられる
このようなややこしい破目になったのも　そもそも設計図からトイレが抜け落ちて
いたためだ　完成して初めて気付き　やむなく屋根裏の改修に落ち着いた　縁の下
では尻がつかえた
やれやれ

夕闇ともなれば　新型カンテラをぶら下げ
踏みはずさぬようおそるおそる半歩ずつ　便器に嵌まらぬよう半歩ずつ　足さぐり
でそろりそろそろ降りてゆく

もし屋根瓦の上からこっそり覗くというより　はっきり監視しようものなら　いや
でもその顔がどアップで投影され　即座に看破されるはずなのだが
汲み取り式であることとお忘れなく

ふたも腐っておりましてな
雨でも降られた日には　滑って危険極まる
ヨチヨチ歩きの長男には　覗き見の方が断然ふさわしかろう
とはいえへたすると　尻から大瓶の便槽へまともに転げ落ち　無様な死の標本とな
るやも知れぬ　それを承知でヨチヨチ歩きの子供がですぞ　実の父の尻っぺたを覗
き見などするものだろうか
ヨチヨチ歩きの長男が
自らのゆるぎなき意志の元に

もしかするとひょっとしてそうなのかも知れぬ（これはわしの口癖でしてな）
何らかの合法かつ卑劣極まる手段を用い
ヨチヨチ歩きの息子の神経を　くんずほぐれつしているのか
大いに大いに有り得ることだ
忙しくなるぞ
退官を合図に息子の覗き見は止むかもしれぬが　それならわしが代わって息子を監
視するとしよう
ひしと抱き上げ　オー　可愛可愛頬ずりするふりをしてな

必要とあらばクロロホルムを嗅がせ　息子のスキンヘッドの開頭に立ち会うこととともなろう
幸か不幸か　わしの予感が的中しておるかもしれませんぞ
事と次第によっては　捜査官としてのわしの復活無きにしも非ずや！

それにしても腹の突っ張る
つまりその再々振《ぶ》り振《ぶ》り返しになりますが尻の孔の全開《おっぴろげ》まで一刻の猶予も許されぬ
こりゃもう大洪水じゃ大洪水宣告じゃ
捜査官就任以前　以後も含め最上級の大洪水
最上級のちょい洩れ
最上級のちょい流し

あんたのことはしっかり引き継いでおくから　引き継げることとは思うが何とかかんとか
聞きそびれ言いそびれたことなどありませんな
事情をしかと斟酌して下され
何とかかんとか口頭で引き継いでみるから

ちょい洩れ
ちょい流し
一竿たりと洩らすことも　ひと雫たりと流すことも　わしの本意でなかりせば
この解決なくしては　そもそもわしの身が持たぬ　身が立たぬわい
ちょい洩らし
ちょい流れ

あんたの目の前で　あんたが卒倒する位ぶち撒けることができるなら　どんなに気
持がスッキリすることか
その直前机の下に身を投げ出し　ズボンの裾にチョイがかりで済ませるもよいし
びしょ濡れに委ねるもいい　立ち尽くし眼も口もガバガバ見開いたまんま
ちょい洩れ
ちょい流し
最上級の最怒級の

堂々巡り時報が鳴ってまだ完了

もう時効
大丈夫安心しなさい
大船に乗ったつもりで
船は船でも艫も舳先もなく
船は船でも元樽底の法廷
船は船でもとことん泥の舟じゃが
時報が鳴って安心しなさい
まだ完了もう無効水の泡

といってもいいじゃろう
疑いは深まり
(誰の誰に対する　いかなる魂胆持った)
荷物は悲惨にも　四散し　飛散した
2／3以上4／5未満堂々巡り
くどいようだが腹が突っ張る
もういいじゃろう

ここにこれ以上のこのこ居坐り　わしの行動をのこのこ妨害しようとするならば
射殺という合法手段か　連行という非合法手段に訴えざるを得まい
だから　もういいじゃろう
安心しなさい大丈夫　悪いようにはせんから
吉報を待っていなされ
そうならんようなるべくなら
そうなりたくなければなおのこと
もういいじゃろう
疑いは更に深まり
荷物は
　　四散した
　　　悲惨した
　　　　飛　散　し　た

宿屋へ戻りマラでもながめ
吉報を待っていなされ
そうなるかもしれんし　もしかするとひょっとしてそうならんかもしれんが

わしのあずかり知らぬこと
知ったことかい
ほい口がすべった
大丈夫安心しなさい
毛布かむってつくづくマラでもながめ
テレグラム到着待ちなさい
もういいじゃろう
もう
垂れちょい
　　漏れちょい
　　　ちょい流し
最上級の
最怒級の
この頃は何でも洩らす

もう

与太話の種火が消えかけようとしておる
大円団は真近いですぞ
眼《まなぐ》をこすりつけ読み下されたい　読者諸氏！

禊済ませて待っていなされ
口をクチャクチャ孔をペチャペチャ
暇に飽かせて月に吠えるとは
兄《アン》チャンいい度胸してるね
もうもう　藻王

第四部　お結びの巻

1の場

墜落しても尻からもろ落ちなければ　大丈夫
尻からもろ脆く落ちても尻の孔から脆くもろ落ちなければ　大大丈夫
T型スコップで掘り進む
尻がリズムを取って音程なくメロディーはもるだけ
右　深く深く　深《シン》々
左　浅く浅く　浅《セン》浅浅
しっぽが水先案内人
右　深く　左　浅く
深く深く右　浅く浅く左　深《シン》々浅《セン》　浅深《センシン》々
そうそうそう
そうそうだ
そろりそろりそう
そうそうそそう

そうそうだ
リズムリズムメロディー
リズムリズム　はもる
メロディーメロディー　はめる
そうそう　うつうつ
そうそう　あっそうそう
そうそう　うつうつ
そうそう　うっそうそう

深く短く右っ　浅く長く左っ
深《シン》々々　浅《セン》々々
振りかぶらず　セットポジション
T型スコップで掘り進む　快調
尻の孔奮ってリズムリズム　はもーる
尻の孔奮ってメロディメロディ　はめーる

結構

結構
結構だよ
お手柄だ
こいつは大したお手柄だ
しゃんとしてにっと笑って
冷たくなってにょきっとなって
ようやく人並みはずれ
しゃんとしてしゅんとして
風圧にへこんだだけ
へこみそうになっただけ
凹《へこ》んだとみせかけただけ
とんだとばっちりばっちいとばっちり
尻えくぼ
練り直せ！

しゃんとしてにっと笑って
しゅんとしてにょきっとなって

冷たくなってキキッとなって
練り直せっ！

2の場

結構
結構
結構だよ　注釈付き上向き（　）付きで
たまらんぜこりゃあ
横に流してジャージャージャージャー
耳から排泄しよう　それシャーシャーシャーシャー
堰を切って流れます
糸を引いて流れます
たうたうたうと流れます
じらしにじらししらじら流れます
音をたてたりたてなかったり
つっかえたりもどしたりそれでも怠りなく流れます
とうつっつうとうつつっつうとっつっつうと流れます

それジャージャージャー
それジャージャージャー

さしも腐敗の出っ尻も
身振り手振りで相棒に呼びかける
率直な素振りで思わず呼び止める
糸引く兄弟《きょうでえ》よ　あまたの名無しの兄弟《きょうでえ》よ
たまらんぜなあこりゃあ
（身がもたん世がもたん世ももたん）
それシャーシャーシャー
それジャージャージャー

3の場

私は尻の半分垣間見せただけ
尻の話に熱中しながら
もろもろの話に熱中しながら
脆い？　もろいとももうもろモロイよ

モロイ？　もろいよもうもろ脆いよ
もろもろもう朧前後不覚でもらい下げもう
尻の派出所から
尻の孔の2／3以上4／5未満検閲済
こいつが口癖腸《はらわた》ひん剥くため
こいつは納得まあそこそこ

私は垣間見なかった　一滴足りと
　見せなかった　一息足りと

こいつは予想外
共にへべれけ手を振り尻の片割れ
の反吐の跡始末して粋に別れた
私
通り一遍の挨拶激情にかられ回覧
お互い様　不眠不休
肛門がむずむずむずむず痒い

掻く掻く掻けばしかじか腫れ物に直か直か触わる
ちくちく触わる　ぢくぢくさ割る
ちくちくさ割れ　そうあれ
さ荒れ　あれかし

4の場

私の播いた種
種を播いたのは私じゃない私の播いたのは肥やしだけ
種を播いたのは私じゃない肥やしを播いたのは私だけ
種を播いたのは私じゃない肥やしに播かれたのは私だけ
種を播いたのは私じゃない少くとも今のところは今後共そういうことにしておこうや
種を播いたのは私じゃない肥やしさえ乱りに私は播かなかった
種を播いたのは私じゃない土をかけたのは私じゃない2／3以上4／5未満背を丸めいそいそ踏んづけたのは私じゃない
よろしいよろしい種を播いたのは私じゃない土をかける時私は跛だったほぼ治りかけの

種を播いたのは私じゃない背を丸めいそいそ踏んづけた時には立派に治っていた
踵のすり減った靴底のめくれた靴を履いていた
靴紐はなかったように思う
靴紐の紛失をカムフラージュするための小細工を施した靴ではなかったように思う
そもそも靴紐を要せぬタイプの靴であったように思う
靴は履いてなかったといって素足でもなかったようにも思う
種を播いたのは私じゃない肥やしを播いたのも私じゃないあいにくと

5の場

尻のため尻の片割れの命を受けもう片方の尻の片割れの命令も平等に結果は私の一人よがりそういうことだ
肥やしを浴びたのは私一人とそういうことだホームズ君
私の全身くたくた隈なくくそまみれ足がもたれるのはそのせい　いつもはもつれるのに
明け透けに言うならお互い様とそういうことだルコック君

尋問夏中問うて問われてノラリクラクラ夏中覚悟もしかするとひょっとして冬中覚悟毎度のこと　冬が過ぎ夏真っ盛り年越し着たきりランニングカンカン照りそういうことだ問うて問われてジョバンニ君

わが輩が石鹸水に漬け込んだ棒タワシで捻じり念じながら擦る時何というい い気分おっと悪い癖わが輩の命取り
へべれけでもないのに迎えの自転車の荷台から　イライラセカセカ2／3以上4／5未満ずり落ちかかってぶら下がり　なす術なく落ちるところまで沈みやがれ
手探りで観測するまでもなくぎしぎし・ぎちぎち・やすやす挿入
いかにも尻売りの欣喜しそうな尻の置物
ずり落ちかかった荷台の上　余った双手じっと見よ
涎の火花尻の孔伝いスッポリ収まるコルク栓
さしずめぐ～の音も出ず

6の場

私の行方物語る肛門がむず痒い突起しっぽ出出っ張り立派に成長コルク栓　尋問逃れ夏中登山セーターじっとり汗ばむじっとり強ばる　ちょこまか動いちゃなんねえ

だ
門外不出生え抜きの抜き方伝授専門外　スッポリ収まったかスカスカしてるか気さくに測量してみたまえ　私のせいばかりじゃない
収まるには収まったがしかと塡まったかどうか　塡まったは塡まったがしかと嵌めきったかどうかあずかり知らぬこと　私のせいばかりじゃない
あれもそう　そうそうこれもそう　そうそうどれもこれもそうそうだ　何から何まで私のせいばかりじゃない

7の場

私はうとうととうとう寝小便　滝のような奔流中ほどから濁流彼女は何も流さない便通の外何も流せない　故あって故なく　のろのろうずくまり私と彼女の仲は人伝えに聞くな！
さもありなんだ撥ねっ返りの彼女のことだ
脇目もふらず喚めきもせず彼女はもっぱら溜めるのみ　許容量オーバー溢れてもあぶれても平気平気　あっという馬もなく元気回復
意気に感じ熱き寝小便迸らせること忘れもっぱら溜める　溜める　溜める

私はうとうと寝小便もっぱら大瀑布
彼女は生理用品使用中難事・雑事を上手に使い分け使用中

死亡届も滞留
便通も御無沙汰
同袋人の彼女
彼女が現場に居合わせしっかり覗いていたわけじゃない
彼女が第一発見者じゃない
第二・第三も他人に譲った
股聞き又覗きしただけ
彼女が第一通報者じゃない
第二・第三もしっかり譲った（譲らされた？）
なにしろ彼女
袋の中では長い胴体もて余し
尻の孔からキョロキョロ股聞きヒソヒソ又覗きしていただけ
彼女が第一姦通者じゃない
第二・第三も言うだけヤボ

なにしろ彼女譲る相手に恵まれずすったもんだ
長い胴体あべこべにもっぱら擦る
とうとううとうとうとうとうとうとうとうとうとつうとうととつとつ寝小便
台所から均一に溢れる
このやはらかな女神の葬列が
背骨を（ずらした）
しずしずと

8の場

とうとううとうとうとうととつとつとうとつこうかつこつこつ
誰が聞こうと
とうとううとうとうととうとううつうつとうとつうつらうつら
誰が覗こうが
お構いなし
誰が故あって故なく
聞くともなし又覗きしようが
覗くともなし股聞きしようが

我関せじ

便通も御無沙汰
精通もごぶさた
便通も御無沙汰
陣痛もごぶさた
彼女が良いお手本
ベランダに原色のビニールシート敷きつめ
ダンベルで風押さえ
彼女はベランダにしゃがむ
吸取紙もしゃくって
はしゃいで
あっけらかん　滑稽な仕事
えんえん
露出癖などない
隠匿癖なぞない
しごく健康

尻軽だが
いたって潔白

9の場

いつもの郵便配達夫さん　郵便配達御苦労さん
そのわざわざ大風呂敷に包みいぼ結びした肩掛けガバン
重そうね
大儀そうね
眠たそうね
雷管はずしいっそ捨てちゃえば
すっきりするわよ
帽子の庇濡らさなかった？
いいお湿りよ
乾いたら降らしてあげますからね
しご《死後》しご《死後》　しごいてあげますからね
いつでもいらっしゃい
あらあらあわててどこゆくの　帽子押さえて

職務放棄？
律儀な郵便屋さん
いっそ捨てちゃえばー

《彼女はうねうね蔦のからまった二階のベランダでベランダが汚れぬよう注意深くしゃがみ込みお尻の日光浴に勤しんでおりました。私は帽子の庇に軽く手を触れいつものように会釈しました。尾籠な話で恐縮ですが彼女のお尻の孔は私から丸見えでした。それからお尻全面に規則正しく展開するスポイトで落としたような茶色い染み大きい点小さなドットいつも天気晴朗の日はそうなので気にも止めてはいませんでした。ところがお尻がいえ正しくはお尻の孔が喋ったのです。そのような気がしたわけではなくその門から入りその門から出でよのたとえそのまま滑らかに喋ったのです。私の視力はちなみに２・０です。幻聴に悩まされてもおりません。〝郵便配達さん郵便配達夫さん配達御苦労さん〟これは全く予想だにしない体験であり脇目もふらず私は一目散に駆け出しました。エーッと叫びこそしませんでしたが。そのままアパートへすっ飛んで帰ると郵便物でパンパンに膨らんだ郵便カバンを右肩から斜めに下げたまま万年床に頭から潜りガタガタガタガタ震えておりました。かろうじて失禁だけは逸がれたようですがもしあの時あのまま視力を失ったとしても私は彼女をましてや彼女の切れ長のお尻の孔を恨むことはなかったでしょう。羨むことはあるにせよ。今はリハビリを兼ね同室者（私は決して決して病を患ってはおりません。同じパジャマを着せられてはおりますが）同士和気あいあい当地で静養につとめております。心成しか幾分ふっくらしたような気もいたします。発作的に震えが止まらなくなる局所発作（そこがどこかは私の口から申し上げられません）に襲われることもまれにあります。前兆はありません。そのような時は御存知の方もおられるでしょうが山本リンダ全盛期の振りをまね耐えます耐えきります。復活する日に備え暇があれば息を殺しての宙泳（身軽であることが復活の必須条件であり命綱ならぬ命チューブを咽頭深く咥え）を欠かしません》

体験文集「郵便配達三十年の思い出」（非売品）から抜粋

10の場

便通も御無沙汰
彼女がよいお手本
私はうたたねうとうとしてるだけ
事情が許そうが許すまいが私はそう　そうなのだ

うんうん唸り寝ずっぱりうんうん唸り彼女はどうだか知らぬが私はそう　そういう
ことなのだ
尋問夏中のらりくらり
尋問冬中ポツリポツリ
どこをどう閉じ
どこをどう開いたものか
あずかり知らぬのは私だけ?

自転車・荷物・便通　イライラセカセカ
自転車・万引・N乗倍　イライラセカセカ
自転車・しっぽ・効き鼻　イラセカイラセカ

私のあずかり知らぬこと
尋問あらまし残し
拷問あらかた済ませ
しゃがれ声でうんうん唸っている
便通もまるで御無沙汰

行ったの逝かないのって
万事この調子

11の場

生きたけりゃ逝くがいい
どこへなりとゆけるものなら
ぼんやりした不安に急かされ
イライラセカセカペダルを漕いで
無骨な足でペダルを漕いで
どこで踏ん切りつけようと
私のあずかり知らぬこと
私だけがあずかり知らぬ?・こと
私はうたたねうとうととうとう
私はくたくたぐだぐだぐうぐうすかすか
一核《ワンコア》でも所持現存していれば　これ
もっけの幸いと尋問あらかた残し
これ以上もこれ以下もあるめえ

イライラセカセカのらりくらり
イライラセカセカギーコギーコ
どうにもこうにも尋問夏中ノラリクラリ
私はうたたねうとうとしてるだけ
これが最終稿　最終稿？
これで決定稿　決定稿？
修正の余地はないのかね
どこでどう吻切り　口上高らかに述べようと
私のあずかり知らぬこと
あずかり知らぬ？のは私だけ
いや全く
無骨な足でペダルを漕いで
イラセカイラセカ
スピード0
ほいやり直し
万事この調子

12の場

茨の道の突っぱずれ
みちがえるほどの脳殺ポーズ
足元怪しくふらつかせ
脳を患ったこともあるわしは　かつては眼玉でもあった睾丸をパチクリさせ　つん
のめろうと我関せじ突っ立っていた
無産者のシンボルとして
体をあずける樹影もなく
しかと直感だけで

黄昏が近いのかもしれなかった
ひんぱんに足元怪しくふらつかせ
台詞回しもたどたどしい
一塊の　〔思索者／詩作者〕として
かつては睾丸でもあった目玉をパチクリさせ
命乞いなど望むべくもなく

それでもおっかなびっくり
神憑った屁を放った　立て続け
へっぴり腰でぶっ続け
たとひ最低の宇宙人の端くれでも
ルールは順守しなけりゃな　最大限
眼中を察せられよ！

13の場

茨の道の突っぱずれ
着衣に乱れはなかったし
盗掘に遭った気配もない
弾力感も申し分ない
組織が啄まれた痕跡もついぞない
なるほど無雑作に鼻など
踏み砕かれてはいるが
巧妙に蕊をはずし軸をずらしてある
これなどは

死後の美貌の安寧のため
すばやくとられた処置だろう
さして不自然じゃあるまい
たとい
火箸と操縦桿を握り違えたとしても
ほどなく収束にむかうでありましょう

14の場

茨の道の突っぱずれ
ここはどこでもよかった
ここは
ここでありさえすれば
茨の道の
道の突っぱずれ　ここは
ここであり
ここは
私の耳であり

貝の殻であり
海の響きであり
さえ

15の場

立ち眩みがする
昨夜のアイソトープが効き過ぎたのか
立ち眩みがする
小休止だ！
伝令を走らせろ
抜擢した電気技手に解析急がせろ
滞電服の釦はしっかり嵌めろ
立ち眩みがする
跳躍だ
かろうじて跳梁だ
かろうじて跳梁だ風景の飛沫を
のぼせ上がれば

16の場

ロケットをひしと掻き抱き
背に自炊道具一式を背負《しょ》って
すでに硬直と脱糞の始まった御聖体だ
アイソトープ酔い・アイソトープ爛れ・アイソトープ気触れでなけりゃ
御聖体の脳下垂体に齧《かぶ》り付く
指を窄めて口唇を銜え
さらには小さく小手など派手に振り
いそいそすんなり見送るものか
こん畜生！
いずれ圏外でいびつな糞球として一括処理されるのだ
ひとかけらの星屑となることさえかなわぬとは
何という騎上位さであろう

17の場

股間に水掻き
背筋に一対の焦げ臭い羽根を具備し
（飛翔スルニハ致命的欠陥ナリ）
舌《ベロ》に地衣類が萌えているならば
面《ツラ》見るまでもねえや
紛れもなき我が子
　　わが息子
生きてひり《仮死》出されようと
死んでひり《生還》出されようと
動揺とか感性
・噴怒とか哀号
それらは生じない全くいや全くもって
（現象面ではね）
とすればかねて足を潜め声を搦めての逢瀬のとおり
臆することなくためらわず
まず現時点においては

人骨灰の堆積した脳園に
新たに怪しげな門を幾柱も垂直に築き
しかるのち
褐色に降り注ぐ陽光の束を束ねよぐいぐいぐいぐぐいっと

18の場

この台所という借地　浄財の料亭を終生の棲家と定めたのか　寿命が尽きてなおめ
いめい瞑想にふけっているのか　横柄にくだ巻く有像無形の輩を台所郊外オープン
セットへ誘導・駆逐すべく
無帽　丸腰
にこりともせず腫れぼったい双瞼崩し
血を撥ねらすのは初志じゃない
それなり停止《と》まった諸器菅にひそひそ働きかけるも反応が鈍い
皮下に腹這い直接呼びかけるも応答が鈍《トロ》い
ｗｈｙ　なぜ　？　なぜｗｈｙ　？

引用に引用を重ねた

一語一語が借り物だもの
一音一音の間合いが淡白過ぎるもの

巨体を揺すっての
自然の諸作が並み入る死人連を震え上がらせる
無言の圧力なら掌中のものだ

19の場

従いまして
有弁に吃音る　有弁に吃音るのであります
有弁に吃音るのだ
ども《吃音》るんじゃねえ
はもるんだ
安易に
吃音《ども》吃音《ども》吃音《ども》るんじゃねえ

20の場

嬌声と罵声が恥じることなく降臨《ふ》ってくる
天の古の要から
さてその有像無形の輩だが　輩には灰なりの言い分とやらがあり
大概次の三点に集約される
いわく——率直に申し上げるなら　はからずも自分達がここにこうして居るのは　必ずしも居坐るためでなく　ひとえに昏々とした眠りを伴わぬ暫しの安息を得るためだけであること
いわく——或る種の種の保存のためであること
いわく——ひいては臓物主のためでもあること

21の場

このめっきり尻が肥え　小便の近くなった男は
アーチ型の肺筋をしており
根が短腹だ
スピーカー背負って
怒鳴怒鳴怒鳴れども
吃音吃音吃音れども

凡そ実らぬ成果
満面に朱の走る
朱の突っ走る
その早《はえ》えこと　早えこと

ホイ始まった
ホイいつもの調子
無難な展開　万々才
結論まだよまだまだよ
最終局面へもうひとくさりふたひねり
森羅万象しょもない生き腐れ
こうこなくっちゃ
まだよまだまだ

22の場

宿屋へ帰りマラでもながめ
宿屋へ帰りマラでもながめ　か

回収《おさ》めよ　地下のホール
鎮火《しず》めよ　地中のホール
慰撫《なぐさ》めよ　地上のホール
祈りかつ猛り
祈りかつ祈りかつ猛り
ホイその調子　いや全く
図に乗ってきたね
ホイいつものその調子
指示仰いでるね

機に臨みては自壊の覚悟しかと見届けな
諸人こぞりて
篤い信仰に渇えるとは
とどのつまり
スピード+《プラス》0
さあ熱くなる　熱くなるぞらりって火照ってくるぞ

どこって孔さ　どこがって尻の孔の辺《ほと》り
テキパキ指示仰いでるね
我を見損ない　見境なく
図に乗ってるね

23の場

そらそらぞらぞら捲し立てるぞ　諳じて
声量豊かな軍人訛だ
へべれけじゃねえ
骨の髄まで素面だ
警告したろう
反復してみな
反芻してみな
刈り上げ擦ってすっきりしな
それから
黙って嗅ぎな

へべれけじゃねえ
言ったろう
反復してみな
反芻してみな

さもなけりゃ
スカイブルーに脳を染め抜いた
敬虔な麻喇僧が合掌・読経しげっぷするぞ
喇八が轟くぞ
感喜の太鼓叩いて放屁《ラップ》しながら
生あるいは死を満了《おえ》たいのかね

24の場

ややあって
古釘をぬちゃねちゃくちゃぶる音がして
口蓋とほぼおぼしき辺りから
大意次のごとき言が発せられた

眉濃く胸薄青き歯毀れ乙女よ
汗掻き玉擦るは乙女の朝のお勤めぞ
夕間暮れには精進して血飲み子をこそ孕めやも
大人は眠れ昏々
子供も眠れやコンコン昏と
有明無明　さていずこへ参ろうか
言ったろう
へべれけじゃねえ
反芻してみな
反復してみな
垂れちょい
洩れちょい
ちょい流し
言ったろう
当てずっぽうでも当て付けでもねえ
もうちょい

ちょいちょい
ちょい垂れ
垂れもどし
へたくそ
ホイやり直し
刈り上げ擦って
反芻してみな
反復してみな

金　剛――っ
金　剛―――っ
金剛力砲兵隊
　　半歩前へーーっ！
全門開錠
目標物及び距離及び高度及び照準
いずれも誤差の範囲

金　剛──っ
金　剛───っ
金剛力砲兵隊
全速力匍匐後進───っ！
業々々火　苔こっこう
木っ端微塵粉っ粉っ粉っ粉っ粉っ苔コッコー

金　剛──っ
金　剛───っ
金剛力砲兵隊
玉
毛
こんなに潤って
耳朶までみるまに
スカイブルーそ

お終いの場外

呑百姓の子倅が地侍気取り
鍬を担いで仇討ち本懐?
言うに事欠き何呟くか
詩どろもどろに何躓くか
種子がわかれば大円団
迎えられたものを

荷物パクってノールックパス
結び目ゆるんで
味噌漬けパジャマと固くちおむすび
散乱詩散
コロリンコロコロコンコロリン

鼻も背骨もヒンヒンひん曲がるべ
ホイすべった
垂れちょい　洩れちょい　ちょい流し
ホイすべった
修正練り直し
すべったホイ
論外へ沈む陽は沈むばってん
ただならぬ　なんぼなんでもボッチョさん
ぶっちょ面してちょすな　ボッチョさん
ホッホホイ
塗り直し
ホッホホイ
ホイ
ッ

あとがき

本作は昔々、花巻の詩人富手忠幸君の個人誌『天鳥舟』へ、その一部を発表したものです。

今回、未発表部分を含め、大幅加筆・修正。

なお、「始まりの場外」において、台所にわざわざルビを振りましたが、その読み方に捕らわれることの無きよう、念のため書き添えます。

二〇一九年夏・地球にて

佐山則夫
（さやまのりお）
1949年1月仙台に生まれ、現在に至る

佐山則夫詩集1
『イワン・イラザール・イイソレヴィッチ・ガガーリン』
佐山則夫詩集2
『君かねウマーノフ』
佐山則夫詩集3
『國　安』
（いずれも之潮刊）
『首鑑飩』
（売り物でねえのっ社・自筆出版）

佐山則夫詩集4

台　所

著者佐山則夫
著作処売りものでねえのっ社
出版者芳賀啓
出版処之　潮
東京都国分寺市南町3-18-3-505
2019年10月30日初版第1刷発行
印刷富士リプロ
ISBN978-4-902695-32-8　C1092　¥2000E　限定150部